I0562235

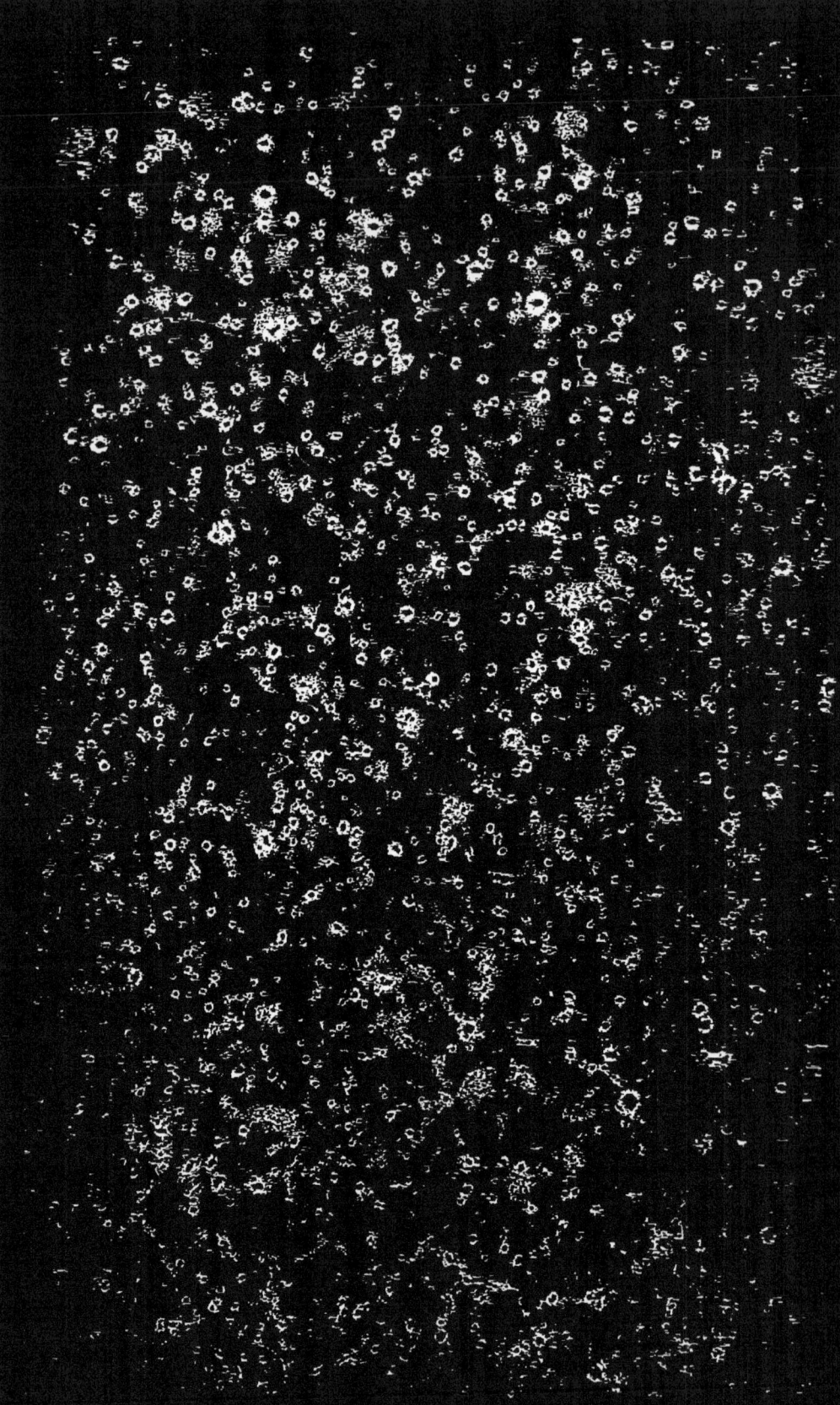

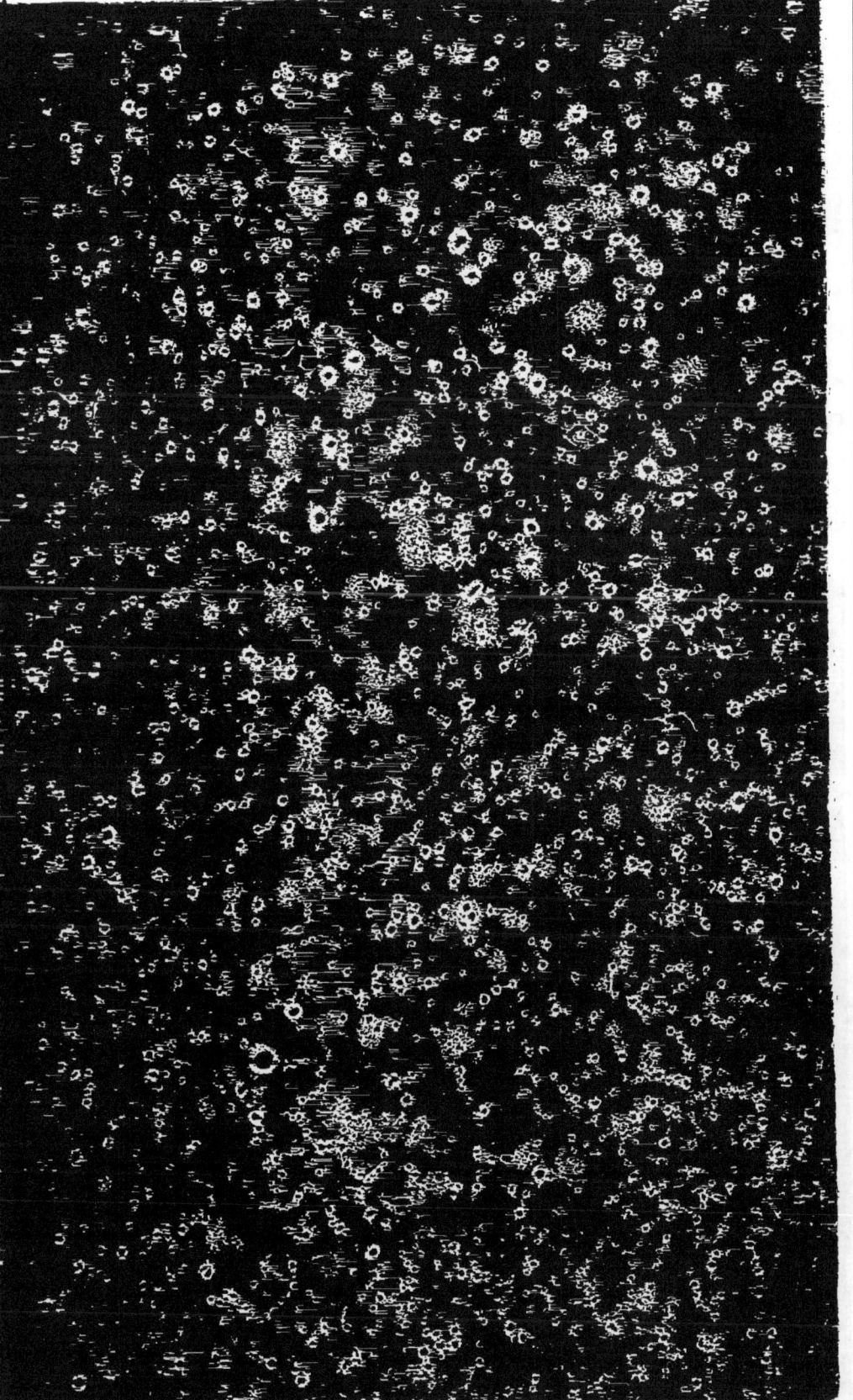

LES PAMPHLETS

DE LA

FIN DE L'EMPIRE

Ce volume a été tiré :

A 500 exemplaires sur papier teinté .. .... (3 fr. 50)

et à 50 exemplaires sur papier vergé, numé-
rotés et paraphés par l'auteur. .... (8 fr.)

LES PAMPHLETS

DE LA

FIN DE L'EMPIRE

DES CENT JOURS

ET DE LA RESTAURATION

Catalogue raisonné d'une collection de

DISCOURS, MÉMOIRES, DOCUMENTS POLITIQUES, PROCÈS,
BIOGRAPHIES, HISTOIRES SECRÈTES,
PIÈCES DE VERS, COMÉDIES, CHANSONS, ETC.

Publiés en 1814, 1815, 1816, 1817,

Mis en ordre par

A. GERMOND DE LAVIGNE

PARIS

E. DENTU, ÉDITEUR

LIBRAIRE DE LA SOCIÉTÉ DES GENS DE LETTRES
PALAIS-ROYAL, 15-17 19, GALERIE D'ORLÉANS.

1879

AVERTISSEMENT

Ce volume n'est autre chose que le catalogue développé d'une curieuse collection d'actualités d'une époque célèbre.

La politique qui se réveillait d'un long mutisme, la littérature qui allait se formuler après une lourde léthargie, la liberté de parler qui se retrouvait un instant sans entraves, l'esprit français qui cherchait sa verve des autres temps, ont produit, dans ces quelques années, entre 1814 et 1818, une foule d'opuscules inspirés par de grandes commotions gouvernementales. Des discours, des mémoi-

res, des essais d'économie, des biographies, des
histoires secrètes, puis des pièces de vers, des comédies, des chansons, des vaudevilles, etc., consti-
tuent la collection qui est l'objet de ce volume, et
qui nous appartient depuis trente ans. Elle a été
formée par un fonctionnaire du premier empire,
que sa position mettait en relations avec un grand
nombre d'hommes engagés dans le mouvement de
ce temps.

Des pièces ont été données par les auteurs, cor-
rigées ou complétées manu propria; d'autres por-
tent des annotations du collectionneur. Toutes,
réunies pêle-mêle, ont été reliées en onze gros tomes,
sous le titre de Mosaïque politique.

Nous n'avons pas eu autre chose à faire, pour en
tirer un livre d'un vif intérêt, qu'à transcrire, suivant les formes bibliographiques, le titre de chaque
pièce, et à choisir dans chacune, sans aucun commentaire, quelques citations qui font connaître à

la fois le ton de l'esprit courant de ces quatre années, et la portée du savoir et de la littérature d'alors.

C'est un élément précieux pour l'histoire du pamphlet, et aussi pour l'histoire de l'intelligence publique, pendant cette époque de transformation qui vit crouler l'édifice de l'Empire, et surgir celui de la Restauration.

G. DE L.

Monsieur Yves Gauthier

[illegible handwritten text]

[illegible signature]

LES PAMPHLETS

DE LA

FIN DE L'EMPIRE

———————

I

1. — RAPPORT DE LA COMMISSION EXTRAORDI-
NAIRE, fait au Corps législatif, le 28 dé-
cembre 1813, par M. LAINÉ, rapporteur. —
In-8°, 14 p., imprimerie de Paulet, à Paris.

« Unanime dans son vœu pour obtenir la paix,
la France le sera dans ses efforts pour la conqué-
rir et elle montrera au Monde qu'une grande
nation peut tout ce qu'elle veut, lorsqu'elle ne
veut que ce qu'exigent son honneur et ses justes
droits. » (P. 12.)

« Sa Majesté sera suppliée de maintenir l'entière et constante exécution des lois qui garan-
tissent aux Français les droits de la liberté, de la
sûreté, de la propriété, et à la Nation le libre
exercice de ses droits politiques. » (P. 13.)

2. — Le sénat, et encore une constitution. —
Pamphlet, 23 p. in-8°, Paris, avril 1814,
sans nom d'imprimeur, avec fleuron, écusson
fleurdelisé.

« Le Sénat, suivant son usage financier, s'était
fidèlement assemblé, le 28 mars, pour la distribution des trois mille francs que.chacun de ses
membres reçoit tous les mois. Ils apprirent avec
douleur qu'ils devaient, pour la seconde fois, se
retirer les mains vides. Les pères de la patrie,
indignés de cette absence de fonds et *considérant*
que, réduits à ne plus conserver leur voiture, il
leur serait impossible de soutenir leur dignité
arrêtèrent qu'ils ne se réuniraient plus et que
chacun d'eux, pour vivre plus économiquement,
irait planter ses choux dans sa campagne. » (P. 1.)

« La stupidité de Claude le fit jusqu'à cinquante ans rejeter de sa propre famille ; et Ca-
ligula ne sachant à quoi l'employer en fit un
sénateur. Quand il fut empereur, il voulut épou-
ser Agrippine, sa nièce. Les mariages, à ce degré,
étaient défendus par les lois ; le Sénat fit une loi
nouvelle pour autoriser cette alliance. Il félicita
Néron d'avoir assassiné sa mère, il vota pour ce
parricide des actions de grâces aux dieux, et le
même Sénat qui avait adoré les crimes de Néron,
le déclara bientôt ennemi de la patrie et le con-
damna à être lié à un poteau et battu de verges
jusqu'à sa mort. C'était, comme de nos jours,
d'un Sénat avili que devait dépendre l'élection
des empereurs. » (P. 9.)

« De l'or, de l'or ! voilà leur cri. Juste ciel qu'on

leur en donne et qu'ils partent ; quelque épuisée
que soit la France, elle sera trop heureuse encore
de s'en défaire à ce prix ! »

3. — ENCORE DES RÉFLEXIONS SUR LE SÉNAT ET SA
CONSTITUTION, par A. Ph. M. CHAUMONT. —
8 p. in-8°, imp. de Setier.

« Le Sénat, créé *par et pour* Buonaparte, était
sous son gouvernement le premier corps de l'État.
En cette qualité, il a pu, sous la puissante protection des rois alliés, être le premier dans Paris à
déclarer que, fatigué du despotisme et de la tyrannie de Buonaparte, il se réunissait aux Français
des départements de l'Ouest, du Midi et des autres contrées, sous l'antique bannière des lys...

« Les lâches adulations du Sénat ont porté le
tyran à ne reconnaître aucun frein et à traiter
le peuple comme les rois d'Asie traitent leurs esclaves. » (P. 6.)

4. — LETTRE D'UN SÉNATEUR, absent à l'époque
des séances des 3 et 6 avril 1814, signée PRO-
BUS, datée de « Vertus, le 20 avril 1814. » —
47 p. in-8°, Paris, Eberhart, imprimeur.

Épigraphe : Isti !... Abstinentiam neque in impe-
riis, neque in magistratibus, neque in divitiis
præstiterunt. (*Suétone*, liv. prem.)

« J'applaudis à la révolution qui délivre la France de son oppresseur; mais, quelles que soient vos instances, je ne donnerai point mon *adhésion* à des actes qui détruisent ou ma place, ou món honneur, ou ma sûreté, ou mon crédit.

« Depuis dix ans que, pour ne pas me compromettre, je concours, malgré mes remords, aux lois les plus oppressives et à tous les excès d'une usurpation sans exemple, je gémis en secret sur cette ignominie et je me prépare à la retraite, en ne dépensant que le tiers environ de mes trente-six mille francs. » (P. 5).

« La conscription me faisait quelque peine, surtout lorsque des mères désolées et des veuves dans la misère venaient me montrer leurs douleurs et leur désespoir. Mais M. Lacepède nous faisait un tableau si séduisant des jeux de nos soldats dans les camps et du plaisir qu'ils avaient à se faire tuer, que tant de fleurs me dérobaient la vue de cette plaie saignante. » (P. 11.)

5. — LA VÉRITÉ AU SÉNAT ET AU CORPS LÉGISLA-TIF, ou vœux des bons Français. — 8 p. in-8°, sans nom d'auteur ni d'imprimeur; date supposée, avril 1814.

« Programme d'une constitution nouvelle... Paix avec le monde entier; plus de conscription; liberté des consciences; liberté de la presse; enseignement fondé sur la morale; liberté indéfinie du commerce ; abolition des droits réunis, perception vexatoire et odieuse; jurys; pouvoir judiciaire élu; colléges électoraux; monarchie constitutionnelle, etc., etc. » (P. 5 et 6.)

« Fête annuelle et monument national destinés à consacrer la reconnaissance du peuple français » (P. 8.)

6. — LA VOIX DU CŒUR, apostrophe adressée, lors de la mort de Cromwell, par un franc et zélé royaliste, au parlement d'Angleterre, alors composé des meurtriers du prince légitime et des créatures du tyran, par M. B... de S. D. — Huit strophes en deux pages in-8°, sans date et sans nom d'imprimeur.

L'infâme usurpateur, objet de votre hommage,
Cromwell n'est plus; le ciel en délivre Albion...
Complices et soutiens de sa rébellion,
Tremblez que votre sort du sien ne soit l'image !

De remords déchirants sans cesse tourmenté,
Au comble des grandeurs il vécut misérable;
Il meurt chargé d'opprobre, et son nom exécrable,
Son nom sera maudit par la postérité.

(*Str.* II et III.)

7. — LISEZ LE BABILLARD, par C. JACQUES. — 8 p. in-8°, impr. par Mme veuve Jeunehomme, sans date.

« Une partie de ces hommes qui naguères faisaient des vœux pour sa chute le regrettent

maintenant. Ce n'est pas l'amour de la patrie, ce ne
sont pas les regrets qu'ils donnent au gouvernement bonapartal (*sic*); c'est que la révolution qui
vient de s'opérer n'a pas pris la direction qui con-
venait à leurs desseins. (P. 2.)

8. — RÉPONSE A QUELQUES PAMPHLETS contre la
constitution. — Sans nom d'auteur ni d'imprimeur, 16 p. in-8°, Paris, 1814, avec fleuron
aux armes royales.

« ... On assure qu'il existe déjà trois partis dans
l'État, disposés à entrer en guerre pour se disputer l'autorité. Le premier, dit-on, est celui de
ces soi-disant royalistes, de ces hommes ignorants, orgueilleux et cupides, qui ne conçoivent
que le pouvoir absolu, qui voulurent toujours
faire classe à part, et séparer leurs intérêts de ceux
de la nation, de ces hommes dont l'histoire se lie
essentiellement à celle de tous les abus; qui aban-
donnèrent Louis XVI, parce qu'il autorisa la sup-
pression des plus odieux, qui ne se rallient à son
frère que dans la confiance qu'il les rétablira, et
qui l'abandonneraient peut-être si cette confiance
était trompée et qu'il eût quelques dangers à courir. Le second est celui de ces Jacobins forcenés
qui firent dégénérer la révolution de 1789 en un
gouvernement qui réunissait toutes les horreurs
de l'anarchie à tous les excès du despotisme, et
qui voudraient donner la même direction à la révolution de 1814. Enfin le troisième est celui des
séides et des sicaires de Buonaparte, qui, craignant

de rester oisifs sous un bon gouvernement, paraissent disposés à ne rien négliger pour empêcher qu'il s'établisse.

« Au milieu de ces partis, il est une classe d'hommes dont on ne parle point, c'est celle des citoyens honnêtes qui désirent un gouvernement fondé sur les lois. Ces hommes ne considèrent point le roi comme un Dieu; mais ils le révèrent comme le premier magistrat de l'État; ils obéissent à ses ordres quand il commande au nom des lois, et se dévouent sans réserve à sa cause, quand il ne la sépare pas de celle de la Nation... » (P. 15.)

9. — LE FABRICANT DE SIRE, place des Ciboules, au public bénévole. — Sans nom d'auteur, 4 p. in-8°.

« ... Ma fabrication de sires se trouve interrompue... mais soyez tranquilles, ça reprendra. Je ferai tant de réquisitions, en vertu de mon brevet d'abomination, que je me procurerai tout ce qu'il faut pour cela, dût la France tout souffrir, la disette, les guerres civiles, la peste, enfin dût-il n'en rester que l'écorce.

« Le trône n'est rien par lui-même effectivement que quatre morceaux de bois; mais lorsqu'il y a sur ces quatre morceaux de bois un brave, le trône est tout, même une constitution, ce brave fût-il une bûche. Voilà les vrais principes de la monarchie... » (P. 3.)

10. — A bas la cabale, par un anonyme. — Chez Pierre Blanchard, 8 p. in-8°.

« Si Buonaparte était un monstre qui n'avait d'énergie que pour le crime, comment a-t-on pu le garder pour maître pendant quinze ans ? Pourquoi ne pas s'être levé en masse pour le renverser du trône ? Si parmi les hommes en pouvoir, il se fût rencontré beaucoup de ces âmes fermes, intrépides, que l'intérêt du peuple et le véritable honneur ont mis au-dessus de la crainte, la France n'eût pas gémi dix ans sous un esclavage intolérable... » (P. 5.)

11. — On rira et on ne rira pas, en réponse d'à bas la cabale, par Marolle. — 7 p. in-8°, de l'imprimerie de Setier.

« Pourquoi vouloir s'obstiner à donner le titre de grand à un être qui ne s'est rendu fameux que par le sang qu'il a fait couler ?... Un célèbre aventurier qui eût plus longtemps fait valoir son industrie sans son ambition démesurée... Comment, avoir bravé tous les dangers et tous les hasards de la guerre sans s'épouvanter ; être parvenu au comble des grandeurs, au trône enfin et s'en voir chassé comme un misérable. Ne valait-il pas mieux mourir que de survivre à une telle ignominie ? » (P. 6.).

12. — L'écho de la vérité ou vive la cabale !

— Sans nom d'auteur, à Paris, chez les marchands de nouveautés, 8 p. in-8°.

« Un tyran peut bien surprendre la France, l'enlacer dans les cent bras de la perfidie, de la violence et du meurtre, mais non pas anéantir chez elle les sentiments de l'honneur et de l'indépendance. » (P. 8.)

13. — La petite lanterne magique, ou récit des grands événements. — Sans nom d'auteur, Mongie l'aîné, libraire, boulevart Montmartre, 1814, 18 p. in-8°.

« Accourez, mesdames et messieurs, vous allez voir ce que vous allez voir..... voyez la ville de Dresde; voyez un petit caporal dont la valeur des armées françaises avait fait un géant..... » (P. 1.)

« Pauvres soldats, battez-vous tous comme des héros, si dans un moment de danger personnel votre général se voit serré de trop près, il fera sauter un pont; peu lui importe de perdre la moitié d'une aussi brave armée, pourvu qu'il se sauve, et voilà le pont qui vole dans les airs...

« Et voilà que les ennemis poussent, poussent, poussent; et voilà qu'un prince français revient en France, et gare, gare, gare aux princes de l'Empire. Voyez, voyez ces braves soldats, ils font partout de nouveaux prodiges de valeur; mais que peuvent-ils, quand il faut se battre contre des forces inégales, et qu'on a de plus contre soi le

manque d'esprit public, car il n'y a d'esprit public
que lorsqu'il y a au moins un peu de bonheur
public..... Et voilà l'arrivée d'un autre prince
français et vite, vite, vite on reprend la cocarde
blanche et gare, gare, gare aux princes de l'Empire..... » (P. 3.)

14. — Ça ne va pas, ça n'ira pas : non, c'est le
chat, par l'auteur de la lanterne magique. —
De l'imprimerie de Cellot, 7 p. in-8°.

« Nous ne sommes pas contents de ce qui vient
de se passer: non c'est le chat.

« Nous n'aimons pas notre bon roi Louis XVIII:
non c'est le chat.

« Le nouveau Sénat ne donnera pas de bons
conseils à notre roi : non c'est le chat.

« Les journalistes ne seront pas honnêtes, polis,
désintéressés, impartiaux : non c'est le chat.

« La noblesse ne protégera pas les gens de lettres et les artistes: non c'est le chat.

« Les actrices ne seront pas coquettes ; elles ne
ruineront pas leurs amants; il n'en cuira pas aux
Anglais: non c'est le chat. »

Soixante-neuf strophes semblables.

15. — Le thermomètre ou chaud et froid,
par le même. — De l'imprimerie de Cellot,
8 p. in-8°. — Les différents degrés de la

température morale en Europe, selon les années et selon les événements de 1788 à 1814.

« ..... En 1792, chaleur à fondre le fer ; huile bouillante des deux côtés. Comme si elles avaient craint de se refroidir, les têtes les plus ardentes se couvrirent de bonnets de laine rouge..... La chaleur redouble à Saint-Domingue et surpasse tout calcul. » (P. 2.)

« ..... En 1799, chaleur excessive apportée d'Égypte, avec une dose de peste. L'esprit-de-vin monte à vingt-huit degrés à Saint-Cloud, et le baromètre est au plus grand orage. Le thermomètre du Luxembourg, rempli d'eau claire, ne marque plus rien : il n'en est plus question..... » (P. 3.)

« En 1801, grande chaleur à l'Opéra, ensuite au Carrousel, à l'entrée de la rue de Chartres. » (P. 4.)

« ..... En 1812, l'esprit-de-vin du thermomètre français gela en Russie. On le remplaça par du sang humain qui gela aussi. Dès lors plus de moyen de calculer le chaud et le froid : mais ô phénomène inouï ! les thermomètres russes marquèrent une chaleur de vingt-huit degrés sous le même climat. Aucun baromètre ne cessait d'être à la tempête. Celui des Bourbons montait au beau temps... » (P. 6.)

16. — RÊVE OU VISION DE BUONAPARTE, le lendemain de l'accouchement de · l'impératrice Marie-Louise; confidence qu'il en a faite à

D*** et à S*** [1], suivi de sa correspondance avec son frère Jérôme, remplie de détails curieux et restés secrets jusqu'à ce jour. — Sans nom d'auteur ni d'imprimeur, 37 p. in-8°, Londres et Paris, chez les marchands de nouveautés, 1814.

« Il est trois heures du matin, D..... et S..... ont été mandés près du lit de leur maître qu'un rêve pénible a jeté dans une grande agitation.....

« ..... L'impératrice venait d'accoucher ; j'avais vu le nouveau-né, ce premier chaînon qui attache aux siècles futurs l'existence de ma dynastie..... Je m'étais couché sentant que j'étais vraiment empereur ; car qu'étais-je, lorsque je n'avais pas de descendant direct ? Un conquérant couronné, un soldat heureux, le créateur d'un empire éphémère..... » (P. 3.)

« ..... Je me trouvai à la porte de mon palais. Mes gardes remplissaient les cours; elles étaient immobiles et silencieuses. En ce moment L..... sortit du palais, accompagné d'une foule immense de généraux, d'officiers disgraciés par moi: il tenait en main un poignard: « Le tyran est mort » s'écriait-il, « nous sommes vengés. » M....., L....., S..... arrivèrent dans l'enceinte du Carrousel et furent salués par les acclamations de presque tous les militaires présents. M..... était vêtu d'un uniforme blanc et portait une fleur de lis d'or à son chapeau, à la place de l'aigle..... » (P. 7.)

1. Duroc et Savary.

« ..... Je me trouvai dans un des donjons du château de Vincennes. J'étais vêtu d'un habit de galérien..... et je vis apporter quatre cercueils : ils contenaient les restes du duc d'Enghien, de Pichegru, de Georges, de Wright..... « Napoléon Bonaparte, voilà quatre de vos victimes, elles ont été assassinées par vos ordres, vous avez violé toutes les lois divines et humaines, priez pour désarmer la vengeance céleste ; celle des hommes vous attend..... Vous avez commis des forfaits qui seront l'objet de l'exécration et de l'horreur des races futures ; vous avez encore quelques moments pour vous repentir..... » (P. 10.)

« Je vis un cortége immense qui entourait les cercueils ; on se mit en marche, je suivais les pieds nus, et de temps en temps mes guides faisaient arrêter la marche, tandis que je repétais une formule qui m'avait été remise... » (P. 12.)

Lettre au roi Jérôme.

« Mon frère .... Vous aimez la table et les fem-
« mes. La table vous abrutira et les femmes vous
« afficheront. Faites comme moi, restez à table
« une demi-heure ; n'ayez que des passades et
« point de maîtresses... Vous ne vous entretenez
« jamais avec votre aumônier d'affaires ecclésias-
« tiques ; c'est mal, il faut vous occuper de tout,
« même de religion..... La reine est négligée par
« vous. Eh ! sacred..., polisson, n'est-elle pas assez
« grande dame pour vous ? Je n'entends point par-
« ler de sa grossesse... Souvenez-vous que si vous
« ne lui faites pas d'enfant, je lui en ferai faire ....»
(P. 30.)

17. — LA VIE DE NICOLAS, potpourri, par M. C.
J. R. (de D.). — De l'imprimerie de Cellot
14 p. in-8°, se vend chez J. Louis, libraire,
rue de Savoie. Le fleuron aux armes impé-
riales, au milieu du titre, est renversé.
Trente-cinq couplets.

AIR : *Annette à quinze ans.*

La mère Lajoie, à vingt ans,
Avait un mari, dix amants;
Elle accoucha de Nicolas;
Qui fut son père ?
C'est un mystère
Qu'on ne dit pas.

AIR : *Au clair de la lune.*

Le nom de grand homme
Plaît à Nicolas;
De Paris à Rome
Il marche à grands pas;
Il massacre, il frappe,
Il met tout en feu,
Et chasse le Pape,
Pour l'amour de Dieu.

AIR : *La foi que vous m'avez promise.*

Dans sa peau de tigre il chemine
A travers glaces et frimas,
Menant avec lui sa cuisine
Et faisant ses quatre repas.
Il a perdu dans trois semaines
Six cent mille hommes, ce n'est rien.
Pour nous consoler de nos peines,
On nous dit qu'il se porte bien.

Air : *Ton, ton, etc.*

Quand nous aurons pris la Russie,
Nous pousserons jusqu'à Canton,
Ton ton, ton ton, tontaine, ton ton;
Et de la campagne d'Asie,
Nous reviendrons à Charenton
Ton ton, tontaine, ton ton.

Dernier couplet,

Air : *Du haut en bas.*

Tout est fini,
Nicolas n'aura plus d'empire;
Tout est fini...
Il ne reviendra plus ici!
Qu'il se soumette ou qu'il conspire
Il a beau faire, il a beau dire;
Tout est fini.

18. — La constitution de Nicolas, nom d'un diable, en vingt-deux articles. — 7 p. in-8°, sans nom d'auteur ni d'imprimeur.

« Moi Nicolas, nom d'un diable, par la grâce de Dieu et des Constitutions, Empereur des Lanternois, decrète ce qui suit, savoir :

« ..... Art. IV. Tout enfant mâle, sans aucune distinction, est né soldat et sujet à la conscription.

« Art. IX. Il est loisible aux particuliers de fournir à leurs frais des remplaçants pour représenter leurs conscrits.

« Art. X. Les conscrits ainsi remplacés seront

tenus au service personnel de la garde frontière, à
moins qu'ils ne préfèrent y entretenir un homme
à leur solde.

« Art. XI. Dans les cas urgents et malgré ce
double remplacement, ces conscrits seront tenus
de joindre la grande armée en personne..... Ils
seront nommés gardes d'honneur et les premiers
exposés au feu. » (P. 3.)

19. — LA QUEUE DU DRAGON.— 4 p. in-8°, sans
nom d'auteur ni d'imprimeur, avec cette
note :

« Madame de Staël appelait Buonaparte la queue
de Robespierre à cheval. On peut bien appeler
certains personnages la queue de Buonaparte en
simarre..... »

20. — CONFESSION POÉTIQUE ET VÉRIDIQUE DE
BUONAPARTE au révérend père Boniface, ci-devant capucin d'Ajaccio, suivi de son action de
grâce à Louis XVIII, par l'abbé FUGANTINI
POETERAUX, en vers alexandrins. — 8 p. in-8°,
de l'imprimerie de Setier.

Voulant comme Satan m'élever sur le trône,
Usurper des Bourbons le sceptre et la couronne,
A leur place m'asseoir, prodiguant les forfaits,
Bien qu'instruit par leurs soins et comblé de bienfaits,

Il fallait, pour régner, l'apparence d'un titre,
Qui du sort des Français me fît nommer l'arbitre ;
J'avais la foudre en main ; le peuple épouvanté
Me fit déclarer Roi, contre sa volonté.

A la suite, une chanson patriotique en dix couplets sur l'air : *Vive Henri quatre :*

> Pauvre insulaire,
> Sorti d'Ajaccio,
> Tu n'as pu faire
> Belle garde à carreau.
> Pauvre, etc.

21. — Le mea culpa de Napoléon Bonaparte, l'aveu de ses perfidies et cruautés, suivi de la relation de ce qui s'est passé à l'enlèvement et à la mort du duc d'Enghien, par N. L. P***. — 16 p. in-8°, Paris, chez Aubry, palais de Justice. Avec cette épigraphe :

Tyran, descends du trône et fais place à ton maître.

« Je lançai contre la reine de Naples un décret portant : que *la Reine de Naples a cessé de régner*. Je ne crois pas que depuis que le monde existe, un potentat quelconque se soit jamais servi d'une expression aussi tyrannique. » (P. 5).

22. — De Napoléon et de sa mort politique.

7 p. in-8°, avec la signature P. C., de l'imprimerie de Setier.

« ... Il est tombé du premier trône de l'univers;
il n'est plus à craindre : les hommes généreux
respectent le malheur. »

23. — ORAISON FUNÈBRE DE BUONAPARTE, par une
Société de gens de lettres, prononcée au Luxembourg, au Palais-Bourbon, au Palais-Royal
et aux Tuileries. — Seconde édition, 28 p. in-8°,
Paris, chez les marchands de nouveautés,
1814.

(Pastiche composé de phrases empruntées à
des discours et à des écrits de Champagny,
Fontanes, Lacretelle, Seguier, Monge, Fran-
çois de Neufchâteau, Daru, Portalis, Ségur,
Regnault et vingt évêques et archevêques.
— Voir, n° 63, la quatrième édition.)

« ... Le talent des négociations et celui de l'éloquence, l'éclat de l'héroïsme, les grâces de l'esprit
et le charme de la bonté. » (Fontanes.)

« ... C'est véritablement le trône de Charle-
magne qui se relève après six siècles. » (Lacretelle
aîné).

« ... On ne peut louer dignement S. M. Sa
gloire est trop haute ; il faudrait être placé à la
distance de la postérité pour découvrir son immense élévation. » (Lacépède.)

« ... Nouveau Cyrus que Dieu a choisi pour l'accomplissement de ses desseins impénétrables sur les nations. » (Zœpffel, évêq. de Liége.)

« ... Il appartient aux temps héroïques; il est au-dessus de l'admiration; il n'y a que l'amour qui puisse s'élever jusqu'à lui. » (Séguier.)

« ... Il savait toujours arrêter l'élan de sa grande âme lorsqu'il s'agissait d'épargner le sang des hommes. » (Jaubert.)

« ... Le siècle des Césars a commencé pour la France. » (Nougarède.)

24. — LETTRE DU GÉNÉRAL BUONAPARTE A L'EM-PEREUR NAPOLÉON, réponse de Napoléon à Buo-naparte, suivies d'un Miserere récité par Na-poléon Buonaparte, à Orgon, département des Bouches-du-Rhône, par l'auteur du Petit Homme Rouge, signature U. — 8 p. in-8°, de l'imprimerie de Eberhart.

Dans la réponse de Napoléon à Buonaparte : « ... tout n'est pas profit dans la majorité usurpée, j'ai des *enne*-mis partout... »

« (*Miserere*) : Ayez pitié de moi, parce que j'ai été souillé de vices dès l'instant de ma formation, et que ma mère m'a conçu dans le péché; *et in peccato concepit me mater mea.* »

25. — BUONAPARTE ET SES AGENTS. — Sans nom

d'auteur, de l'imprimerie de Charles, rue Dauphine, 6 p. in-8°.

« Les agents de police jamais ne furent en si grand nombre en France que sous le règne de Buonaparte; il les payait bien, il tolérait leurs rapines et les dirigeait selon ses vues et ses vexations multipliées.

« ... Si la police est employée pour paralyser la liberté de la presse, pour servir les passions et alimenter les bastilles, elle sort de ses attributions... »

26. — La vérité en deux mots sous (*sic*) le règne de Napoléon Bonaparte. — Sans nom d'auteur, de l'imprimerie d'Eberhart, 8 p. in-8°.

« Les Bourbons sont là pour faire notre bonheur, de concert, n'en doutons pas, avec les généreux souverains alliés, qui, sans nous appliquer la loi du talion, et rejetant toute idée de conquête, si ce n'est celle de la paix et du bonheur du monde, cessent pour ainsi dire d'être étrangers sur notre terre natale, pour y faire admirer leurs vertus, et se faire adorer par leurs bienfaits!..... Leurs principes, fondés sur la justice la plus exacte, est de rendre à chacun ce qui lui appartient...

« ..... Abusant de notre courage, de notre audacieuse soumission et au prix de nombre de torrents de sang français, insulter, subjuguer, humilier tour à tour toutes les puissances de l'Europe ?... Pourquoi a-t-il réveillé *l'ours de la Russie, et défié cette empire colossalle jusque dans Moscou, au prix de la plus belle armée du monde ?...*

« ..... Le lys éblouissant fera sur le petit nombre de napoléonistes et des créatures de Buonaparte qui contribuent à sacrifier leur propre patrie à l'ambition et à l'égoïsme de ce Corse parvenu, dont le premier fait d'armes a été de faire tirer sur le peuple à Paris, l'effet qu'opérait jadis la tête de Médus (*sic*) sur ceux qui osaient la regarder ; que ce lys ne soit souillé par aucun crime, par aucun excès. » (P. 5.)

27. — Réponse aux faiseurs de pamphlets et d'anecdotes contre Buonaparte, par Dubroca. — Imprimerie de Rougeron, mai 1814, 15 p. in-8°.

« Telle est l'image de la plupart de ces écrivains qui, après la chute de Buonaparte, terrassé par la justice nationale, sont venus et viennent tous les jours encore remplir le public de leurs libelles et du bruit de leur déchaînement contre lui. Où étaient-ils donc avant et pendant la lutte qui a terminé sa destinée ? Dans un coin de leur retraite obscure où ils tenaient peut-être en réserve des armes de toute espèce, prêts à s'en servir au gré des chances incertaines du combat. C'est de là qu'ils ont tout vu ; qu'ils se sont transportés sur les champs de bataille pour y juger de *l'ineptie* de celui qu'ils poursuivent de leur indignation ; qu'ils

ont assisté aux scènes les plus intimes de sa vie,
pour en recueillir les *anecdotes les plus secrètes ;*
c'est là qu'ils ont suivi pas à pas la marche de sa
politique *tortueuse*, et qu'ils en ont découvert
toute *la perfidie ;* c'est de là enfin qu'eux seuls,
constants dans leurs principes, toujours fidèles
à l'antique dynastie des Bourbons, ont vu clair
comme le jour l'époque, le moment où cette *antique maison* rentrerait dans ses droits, grâce aux
soins qu'ils ont pris de lui en aplanir le chemin,
et de préparer les esprits à son retour : ce qui,
dès le lendemain de la chute de Buonaparte, les
a mis à portée, *comme de juste*, de venir crier
dans le public : *Au tyran ! au monstre ! au dévo-
rateur de l'espèce humaine ! à l'assassin ! au comé-
dien ! à l'inepte ! à l'intrigant !* etc., etc. » (P. 5.)

28. — DISCOURS DE BUONAPARTE AUX HABITANTS
DE L'ILE D'ELBE. — Sans nom d'auteur ; de
l'imp. de Charles, rue Dauphine, 8 p. in-8°.

« Habitants de l'île d'Elbe, ne vous épouvantez
point à mon aspect ; je suis peu redoutable quand
je suis seul..... Je veux me livrer à l'étude ; je ne
serai pas le premier exemple d'un tyran devenu
maître d'école..... J'ai sur celui de Syracuse l'a-
vantage d'avoir fait massacrer plus d'hommes
dans une seule campagne qu'il n'en a fait périr
dans tout le cours de son règne... » (P. I.)

29. — COCHEMARE (*sic*) DE BUONAPARTE DANS

L'ISLE D'ELBE, ou l'apparition du petit homme
rouge et son entretien avec lui. — Sans nom
d'auteur, chez Gauthier, 8 p. in-8°.

« L'HOMME ROUGE. Occupe-toi de la prospérité
de ce petit peuple, enseigne-lui l'agriculture, le
commerce et les manufactures, afin que l'on
puisse dire de toi :

« Tel *qui* brille au second rang, qui s'éclipse
au premier » (*sic*).

30. — LETTRE DE BUONAPARTE AUX PARISIENS, et
suite de cette lettre. — Signature S. M., de
l'imp. de Charles, rue Dauphine, 15 p. in-8°.

« Sorti d'une île pour ravager la terre, je rentre enfin dans une île pour laisser respirer les
peuples de la terre...

« ... Il était temps que le ciel mît un terme à
ces calamités.....

« La France maintenant la plus grande nation
de l'Europe est gouvernée par le plus grand des
monarques..... »

31. — LES HOMMES SE PLAIGNENT! QUE DIRONS-
NOUS DONC? ou lettre des chevaux de France à
Buonaparte. — Sans nom d'auteur, de l'imp.
de Moronval, 8 p. in-8°.

« ..... Nous étions, comme les hommes, sujets
à la conscription et par cette loi barbare, soldats

dès notre naissance. Ton insatiable ambition ne nous a pas laissé un moment de repos; tous les moyens te furent bons pour nous enlever à nos travaux, à nos habitudes.

« Buonaparte! Tu fus l'exterminateur des hommes, le fléau de notre espèce; mais tu vis et nous sommes vengés! Quand ta conscience agitée, au milieu des horreurs de la nuit, te fait voir les nombreuses victimes que tu as mises au tombeau, songe encore à ces milliers de coursiers généreux dont les cadavres ont engraissé les champs de l'Italie, les forêts de la Germanie et de la Pologne, les déserts de la Moscovie, les monts des Espagnes et les guérets de la France!

« ..... Qu'as-tu fait de nos innombrables familles? Tu les as sacrifiées! ne t'attends pas que je porte leur assassin! Traîne, en gémissant, tes pas chancelants, abandonné des coursiers comme des hommes! »

32. — RECUEIL DES LETTRES D'UN RESSUSCITÉ, à tous ceux qui ont eu une grande influence dans la politique et le gouvernement de la France, depuis 1788 jusqu'à ce jour, et à ceux qui en ont et doivent avoir encore, par L. B. D. — A Paris, Poulet, imprimeur, fleuron aux armes royales, 52 p. in-8°, 1814.

Six lettres portant les dates des 18, 19, 20, 21, 22 et 23 avril 1814, traitant de sa vie

publique, de l'organisation sociale, de la situation politique de la France, de l'administration et des finances, de la police de l'État, etc.
(Voir une autre série, n° 88.)

. « Toute administration qui a besoin d'un trop
grand nombre d'agents est ruineuse pour le fisc,
et nuisible au peuple.

« Tout administrateur qui multiplie les arrêtés,
dénote un intrigant qui veut se mettre en évidence
par des mots, plutôt que par des résultats.

« Tout agent du pouvoir qui empiète sur les
fonctions des autorités locales qui lui sont subor-
données, atténue la confiance au gouvernement.
Le sage ne fait que ce qu'il doit, lorsqu'il s'agit
de faire exécuter des mesures qui pèsent sur la
société.

« Tout administrateur minutieux ne fait que
petitement de grandes choses. Il fatigue, dégoûte,
irrite ses administrés, et multiplie les intrigants.

« Toute gestion de finances qui passe par trop
de mains, diminue le poids des espèces et augmente la quote-part des imposés.

« Plus le luxe augmente chez le financier, plus
l'État s'obère et le peuple souffre.

« Si l'État exige des sacrifices personnels de ceux
qui gèrent les finances, il leur dit d'être fripons;
mais il punit ceux qui sont maladroits. » (P. 28.)

~~~~~~~~~~

33. — LE CHANT DU COQ ROYAL AU POINT DU JOUR,
signature S. M. — De l'imp. de Charles, rue

Dauphine, 1814, 40 p. in-8°, avec fleuron aux
armes royales.

Cinq fascicules, chacun de huit pages. Coup
d'œil sur l'époque impériale; promesses de la
Restauration ; chute de l'empereur ; journée
du 3 mai 1814; les constitutions ; les oisifs.

« Notre roi légitime, Louis XVIII, s'avance vers
la capitale. Quel heureux changement! Combien
naguères il était encore inespéré! L'aigle dévorant
qui incendiait l'Europe, comme la foudre enflam-
mée dont il portait l'emblème dans ses serres
cruelles, ce fléau devastateur de notre belle
France s'est évanoui comme un songe à l'aspect
éclatant des Lys.

« Les sciences, les arts, l'industrie, le commerce
vont acquérir un nouveau lustre par l'impulsion
protectrice de sa main paternelle; ce bon, cet auguste père du peuple rappellera sur sa grande famille les beaux jours de la France, qu'avaient
jadis illustrée nos rois ses aïeux.

« Il ne dédaignera point de faire achever ces
beaux monuments, commencés par ses prédéces-
seurs, continués sous une main usurpatrice; nous
verrons avec joie ces prophanes (sic) initiales, qui
dégradent les murs des palais des Bourbons, céder
la place à des noms chers à nos cœurs..... »
(2e chant., p. 12.)

« Depuis la dernière fuite de Buonaparte après
sa défaite de Dresde, on voit dans les cafés de
plusieurs villes d'Allemagne, ces deux mots écrits

en gros caractères sur les murs: NIHIL. —
SPERO.

« Un Français composa sur ces mots l'im-
promptu suivant:

Napoléon bientôt ne fera plus la guerre;
Joseph entre maint siége aura le cu par terre;
Jérôme ne sait ce qu'il va devenir;
Joachim ne voit pas bien clair dans l'avenir;
Louis sera réduit à son fromage rance;
Les lys écarteront ce Nihil de la France,
Votre Spero sans doute est pressé d'en finir.

« Le second mot indique la ligue des puissances
du Nord, qui a consommé le grand œuvre de
liberté de l'Europe :

Suède
Prusse
Engoland (Angleterre)
Russie
Œsterich (Autriche) |
(*Dernier chant.*)

34. — Deux mots de vérité, signature H. P. C.
— De l'imp. de Charles, rue Thionville[1], 64 p.
in-8°.

Quatre fascicules, chacun de seize pages,
portant les dates des 4 avril, 23, 24 et 29 mai
1814.

1. Alias, rue Dauphine.

« 1. Buonaparte jugé par lui-même. — Nécessité d'une constitution.

« 2. Le principe et l'obstination des ultra-roya-
istes sur la constitution qui convient et sur l'esprit de parti. (En réponse à l'abbé Barruel et co-
religionnaires.)

« 3. Suite du même sujet.

« 4. Suite — *Les corbeaux*..... Un gros corbeau
venant d'une île maudite par les Romains, le plus
vorace qui ait encore paru, et avec l'audace d'un
forban insulaire, en nous promettant de nous
rendre plus heureux que vous, a failli nous dévorer jusqu'à la moelle des os! Était-il seul, dites-
vous? Ah! corbeaux perfides, ne nous questionnez
pas...

« Nous avons recouvré un bon roi, le *père de
la patrie*. Oh! épargnez-le, corbeaux noirs, rou-
ges, gris et de toutes couleurs. Laissez-nous-le!
Il veut notre bien. Et nous aussi, répondez-vous!
Pas de calembours! Nous ne sommes pas en goût
de rire. » (P. 63.)

35. — On ne m'a pas lu, on me lira, grand et
intéressant dialogue entre un royaliste et un
napoléoniste, sur l'état actuel des choses, con-
tinuant la comparaison des avantages du nouveau gouvernement d'avec la tyrannie, l'op-
pression et la persécution de celui dont nous
sommes si heureusement et si généreusement

délivrés ; signature R. G. — Philippot, libraire, 1814, 8 p. in-8°.

Épigraphe :   Sol veritatis lucet omnibus.

« *Le napoléoniste.* — Tu conviendras que Napoléon était un grand homme, un vaillant guerrier, qui, par ses conquêtes, avait considérablement agrandi l'empire français, et eût vaincu tous
les potentats de l'univers, s'il n'eût été trahi.

« *Le royaliste.* — Un grand homme... Non...
Mais tout au plus un grand guerrier, ennemi de
l'humanité, et bourreau du genre humain, ne devant ses conquêtes qu'à la bravoure de ses généraux
et officiers, et à tous les soldats de la nation, qui,
par leur intrépidité, ont toujours franchi des es-
paces qu'il redoutait d'entamer.

« *Le napoléoniste.* — Il a commis des fautes
graves ; mais n'est-ce pas lui qui, pour l'avantage
du commerce de la France, et l'embellissement de
plusieurs villes, et surtout de la capitale, a fait
creuser des canaux, ouvert des routes jadis im-
praticables, établi un entrepôt général des vins,
des abattoirs, des greniers d'abondance, des marchés, des casernes, des lycées, des ports, des quais,
des fontaines, des colonnes ou pyramides, res-
tauré le Louvre et autres châteaux, ainsi que la
superbe Halle aux blés, et bâti l'hôtel des Postes,
la Bourse, etc.

« *Le royaliste.* — Oui, c'est bien de son règne
que la plupart de ces travaux ont été exécutés ou
commencés, mais il n'en a jamais été l'inventeur.

« Ce sont nos ingénieurs, nos architectes ou

entrepreneurs, qui lui donnaient des plans et des devis.

« Et comme il sentait alors la nécessité d'employer une foule d'ouvriers (ruinés par le défaut de commerce) qui réclamaient de l'occupation, il adoptait l'un ou l'autre de ces plans, en ordonnait l'exécution, et les payait en partie avec notre argent, dont il employait le surplus à toute autre destination, telle qu'à sa frivole acquisition d'une immense quantité de belles et bonnes maisons qui bordaient si agréablement la Seine, en face des Invalides et le Champ de Mars, sous le prétexte d'ériger sur cette monticule (*sic*) un magnifique palais à son fils. »

36. — LISTE ALPHABÉTIQUE DE TOUS LES CONVENTIONNELS qui ont voté dans la séance permanente des 16 et 17 janvier 1793. Détails sur l'assassinat juridique de Louis XVI. — Sans nom d'imprimeur, 32 p. in-8°.

II

37. — DE BUONAPARTE, DES BOURBONS et de la nécessité de se rallier à nos princes légitimes,
pour le bonheur de la France et celui de l'Europe, par F. A. de CHATEAUBRIAND.— Seconde
édition, 88 p. in-8°, Mame frères, impri-
meurs, 1814.

> *Épigraphe :* « ... J'avais prévu depuis longtemps
> qu'il ne ferait point une fin honorable ; mais je
> confesse qu'il a dépassé ce que j'attendais de lui. »
> (Préface.)

« On agitait quelquefois cette grande question
parmi les pourvoyeurs de chair humaine : savoir
combien de temps *durait* un conscrit ; les uns
prétendaient qu'il durait trente-trois mois, les
autres trente-six. Buonaparte disait lui-même :
j'ai 300,000 *hommes de revenu.* Il avait fait périr
dans les onze années de son règne plus de cinq
millions de Français, ce qui surpasse le nombre
de ceux que nos guerres civiles ont enlevés pendant trois siècles... Dans les douze derniers mois

qui viennent de s'écouler, Buonaparte a levé (sans
compter la garde nationale) treize cent trente
mille hommes, ce qui est plus de mille hommes
par mois : et on a osé lui dire qu'il n'avait dépensé
que le luxe de la population. » (P. 29)

38. — SUPPLÉMENT à l'ouvrage intitulé : *De
Buonaparte et des Bourbons,* par M. de Chateaubriand. — Sans nom d'auteur, chez Le-
rouge, libraire, cour du Commerce, 40 p. in-8°,
1814.

« ..... Le Louvre, ces embellissements publics
sont moins des monuments qui prouvent son désir
de faire le bien, qu'une preuve qu'il attachait une
grande importance à faire exécuter promptement
sa volonté, car s'il avait voulu réellement le bonheur des Français, l'ordre et l'économie auraient
présidé à ces constructions gigantesques et multipliées ; les pierres qu'il a entassées avec tant de
profusion n'auraient pas été cimentées avec les
sueurs du malheureux à qui des impositions énormes ôtaient la possibilité de trouver dans son
travail son existence et celle de sa famille.....
D'ailleurs, il est facile de deviner les motifs qui
l'engageaient à employer constamment la classe
dangereuse du peuple ; il ne pensait pas à protéger les arts ; mais il craignait les *ouvriers.* Aussi
a-t-on vu une quantité d'artistes privés d'occupation, réduits à conduire la brouette auprès du
canal de l'Ourq, ou porter le mortier aux maçons

du Louvre ; l'indifférence avec laquelle on a fermé les yeux sur leur misère, ne prouve-t-elle pas que Napoléon pensait beaucoup moins à protéger les artistes qu'à museler les artisans ? » (P. 19.)

3g. — Napoléon ou le Corse dévoilé, ode aux Français, par J. Cheron. — Imp. de Le Normant, 18 p. in-8°, 1814.

Épigraphe : ... Ces hommes si vantés expient souvent dans la honte d'une chute éclatante l'injustice des applaudissements publics. (Massillon.)

Du sein de l'impure licence
S'éleva, pour punir la France,
Un mortel farouche et pervers,
Qui dans son audace insensée
Conçut l'infernale pensée
De bouleverser l'univers... (P. 1.)

Que devons-nous à ce génie
Dont on proclame la grandeur ?
Du commerce et de l'industrie
Et la ruine et le malheur.
Accablés d'impôts arbitraires,
Tous les Français sont tributaires
Du luxe de ses courtisans ;
Les campagnes sont dépeuplées ;
Partout les mères désolées
Lui redemandent leurs enfants. (P. 7.)

Notes nombreuses. L'auteur fait connaître

que cette ode a été faite en 1809, et d'abord
imprimée à Londres.

~~~~~~~~~~~~~~~~~~~~

40. — ODE SUR LA RÉVOLUTION FRANÇOISE et sur
la chute du tyran, par J. B. de SAINT-VICTOR.
— Seconde édition, imp. de P. Didot l'aîné,
14 p. in-8°, 1814, quarante-cinq strophes.

> *Épigraphe :* .... Sed magis
> Pugnas et exactos tyrannos
> Densum humeris bibit aure vulgus.
> HORAT., *lib.* II, *od.* XIII.

Peuple esclave! obéis à ses ordres atroces :
Que d'instruments de mort et de soldats féroces
    Tous nos champs soient couverts ;
Que la France, à sa voix, de carnage affamée,
Devienne tout entière une effroyable armée
    Menaçant l'univers. (P. 9.)

Il n'est plus de famille, il n'est plus de patrie ;
Il peut tout demander, les biens, l'honneur, la vie,
    Fort de nos lâchetés ;
Et l'Europe jadis si puissante et si fière,
Aux genoux d'un seul homme attend dans la poussière,
    Ses folles volontés. (P. 11.)

~~~~~~~~~~~~~~~~~~~~

41. — DES RÉVOLUTIONS, DEPUIS 1789, et de
celle qui nous rend notre souverain légitime,
par le comte de BR...., officier de la garde

nationale. — Sans nom d'imprimeur, in-4°
de 4 p.

« ... Ses soldats, il ne les compta jamais pour
rien, il les dévoue à la mort pour satisfaire ses
caprices, son ambition, son orgueil... » (P. 3.)

42. — LE CRI DE LA RAISON ET DE L'EXPÉRIENCE,
et quelques réflexions sur le projet d'une nouvelle Constitution, seconde édition, par MAR-
CHAND DU CHAUME, ancien jurisconsulte. —
Imp. d'A. Égron, 8 p. in-8°, avril 1814.

43. — RÉFLEXIONS DE M. BERGASSE, ancien député à l'Assemblée constituante, sur l'acte
constitutionnel du Sénat. — 16 p. in-8°.

« ... J'aurais dû me ressouvenir que les auteurs
des cinq ou six constitutions qu'on nous a données, car je n'en sais pas exactement le nombre,
n'en ont pas fabriqué une seule qui n'ait eu pour
objet leur bien-être premièrement, et puis l'ac-
croissement plus ou moins rapide de leur fortune;
qu'ils n'ont organisé les diverses parties de ces
codes extravagants que dans l'intention de se pro-
curer des dignités sans travail, surtout des places
lucratives, et qu'il n'en est aucune en effet qui,
tantôt sous une forme, et tantôt sous une autre,
n'ait mis à leur disposition toutes les richesses et
toute la puissance de l'État... » (P. 10.)

44. — APPENDICE AUX RÉFLEXIONS DE M. BER-
GASSE, par LA FERTÉ SENECTÈRE, ancien colonel du régiment du Perche. — Imp. de Mame,
7 p. in-8°.

Début : « L'intérêt dont il était que M. Bergasse ne perdît pas un instant pour éclairer l'opi
nion publique... »

45. — RÉFLEXIONS SUR DES RÉFLEXIONS DE M. BER-
GASSE, par M. BEAULIEU. — Sans nom d'imprimeur, 16 p. in-8°, 29 avril 1814.

« Buonaparte n'est tombé que par ses crimes
et ses folies du faîte de l'extrême puissance où il
était parvenu ; mais il régna sur les Français autant qu'il est possible de régner et par leur adhésion à ses institutions et par leur soumission à
ses lois. La force des circonstances, la volonté de
tous les souverains, le désespoir des Français, la
ruine de leur pays, toutes les volontés se réunirent
pour abattre ce colosse. » (P. 9.)

46. — DE LA CONSTITUTION FRANÇAISE DE L'AN
1814, par M. GRÉGOIRE, ancien évêque de
Blois, sénateur, etc. — Seconde édition, imp.
d'A. Égron, 34 p. in-8°, 17 avril 1814.

« ..... Le caractère personnel du chef d'un État
altère ou modifie la nature d'un gouvernement
qui n'est pas fixé par une charte constitutionnelle,

il en est très-peu qui soient appuyés sur cette base : voilà pourquoi l'ineptie et le crime ont presque toujours gouverné le monde... » (P. 2.)

« L'historien grec Agathias raconte que, chez les Francs, nos ancêtres, quand il y avait division entre les princes, de part et d'autre on armait, on se rangeait en bataille, non pour se battre, mais pour contraindre ces princes de vider leurs querelles à l'amiable : sinon on les forçait de descendre dans l'arène..... » (P. 8.)

« ..... Elle est très-rare chez nous cette trempe d'âmes énergiques qu'on appelle du caractère. Les hommes, pour la plupart, sont des pièces de monnaie dont l'empreinte est effacée..... » (P. 22.)

« ..... Daniel Heinsius dit que les Romains ayant changé César en Dieu, furent par là même changés en bêtes de somme. » (P. 27.)

« ..... A certaine époque, on disait des Romains qu'il leur fallait du pain et des spectacles. La plupart de nos citadins ont un troisième besoin, celui de ramper..... » (P. 29.)

~~~~~~~~~~

47. — DU PRINCIPE ET DE L'OBSTINATION DES JACOBINS, en réponse au sénateur Grégoire, par l'abbé BARRUEL. — 16 p. in-8°.

« Quoi ! du jacobinisme encore !... » (P. 1.)

« ..... Cette absurdité qu'il y aurait à vouloir que cette multitude qu'on appelle nation, ce peuple des provinces, des campagnes, des villes, des faubourgs, riches, pauvres, savants, ignorants, magistrats, savetiers, mendiants, aient, chacun,

pour *devoir*, de veiller pour le salut public, et pour
droit, de commander, d'être obéis, d'opiner sur
tout ce qui intéresse la chose publique.....! »
(P. 9.)

48. — Déclaration du roi a Saint-Ouen, le
   2 mai 1814.— 2 p. in-4°.

« Louis, par la grâce de Dieu, Roi de France
et de Navarre, à tous ceux qui les présentes verront,
salut :

« Rappelé par l'amour de notre peuple au trône
de nos pères, éclairé par les malheurs de la nation
que Nous sommes destiné à gouverner, notre première pensée est d'invoquer cette confiance mu-
tuelle, si nécessaire à notre repos et à son bonheur.

« Après avoir lu attentivement le plan de Constitution proposé par le Sénat dans sa séance du
6 avril dernier, Nous avons reconnu que les bases
en étaient bonnes, mais qu'un grand nombre d'articles portant l'empreinte de la précipitation avec
laquelle ils ont été rédigés, ils ne peuvent, dans
leur forme actuelle, devenir loi fondamentale de
l'État.

« Résolu d'adopter une Constitution libérale,
voulant qu'elle soit sagement combinée, et ne
pouvant en accepter une qu'il est indispensable
de rectifier, Nous convoquons, pour le 10 du mois
de juin de la présente année, le Sénat et le Corps
législatif, Nous engageant à mettre sous leurs
yeux le travail que Nous aurons fait avec une

commission choisie dans le sein de ces deux corps, et à donner pour base à cette Constitution les garanties suivantes :

« Le Gouvernement représentatif sera maintenu tel qu'il existe aujourd'hui, divisé en deux corps, savoir :

« Le Sénat et la Chambre composée des députés des départements.

« L'impôt sera librement consenti.

« La liberté publique et individuelle assurée; la liberté de la presse respectée, sauf les précautions nécessaires à la tranquillité publique; la liberté des cultes garantie.

« Les propriétés seront inviolables et sacrées; la vente des Biens nationaux restera irrévocable.

« Les Ministres, responsables, pourront être poursuivis par une des Chambres législatives et jugés par l'autre.

« Les juges seront inamovibles, et le Pouvoir judiciaire indépendant.

« La dette publique sera garantie; les pensions, grades, honneurs militaires seront conservés ainsi que l'ancienne et la nouvelle noblesse.

« La Légion d'honneur, dont Nous déterminerons la décoration, sera maintenue.

« Tout Français sera admissible aux emplois civils et militaires.

« Enfin, nul individu ne pourra être inquiété pour ses opinions et ses votes.

« Fait à Saint-Ouen, le 2 mai 1814.

« Signé: Louis. »

49. — Au Sénat de Buonaparte, signature L....
— 4 p. in-8°.

> *Épigraphe :* Fecit indignatio.....

« ..... Nous vous demandons si la nation britannique osa jamais présenter à Charles II les sénateurs de Cromwell ?... » (P. 2.)

« ..... Quand le Sénat de Buonaparte se ferme pour jamais, la France doit aussi pour jamais perdre le souvenir de cet antre d'iniquité... » (P. 4.)

50. — Appel des Français au Sénat, ou première philippique. — 3 p. in-8°, sans signature, fleuron aux armes royales.

« ..... Montrez-vous les hommes de la France et non des hommes avides de richesses, de titres et d'honneurs..... Buonaparte s'est élevé des statues de son vivant, elles n'existent plus. Il en serait de même des fortunes que vous pourriez vous faire..... » (P. 3.)

51. — Manifeste du peuple français contre les régicides, leurs adhérents et leurs complices. — Sans signature, 4 p. in-8°.

« ..... Ces mêmes hommes..... de quel droit font-ils aujourd'hui des constitutions ?..... Il n'existe donc pas de colonies à peupler ?..... »

52. — L'Empereur Napoléon aux Français,
proclamation apocryphe imprimée à Fontainebleau, avril 1814. — 4 p. in-8°.

« ... Si la responsabilité n'est pas une chimère,
quel châtiment ne méritent-ils pas ces hommes,
qui, en m'entraînant à ma perte, ont placé la
France au bord de l'abîme?... »

« Pénétré, jusqu'au fond de l'âme, des calamités
que j'ai accumulées sur la France, j'ai consenti à
souffrir le fardeau désormais intolérable de la vie,
pour me livrer au plus sincère repentir, et obtenir
de la Divinité, et s'il est possible de vous-mêmes,
l'oubli de mes erreurs et de mes fautes.

« Français, je vais me séparer de vous pour jamais; mais croyez que mon vœu le plus constant
sera toujours que la France puisse recouvrer le
bonheur sous le gouvernement doux et paternel
de ses rois légitimes.

« Napoléon. »

53. — La Nuit de Fontainebleau, ou Buonaparte
aux prises avec sa conscience, dialogue. —
Sans nom d'auteur, de l'imp. de Moronval,
7 p. in-8°.

Épigraphe :

Nulle paix pour l'impie; il la cherche, elle fuit,
Et le calme en son cœur ne trouve point de place.
　　Le glaive au dehors le poursuit,
　　Le remords au dedans le glace.

Racine.

« A Fontainebleau, nuit du 5 au 6 avril.

« La conscience de Buonaparte, *frappant à sa
porte.* — Ouvre donc, intrépide guerrier.

« Buonaparte, *réfléchissant de suite qu'il est sans
armes, ne sait s'il doit ouvrir.* — Que me veux-
tu ? Ton nom...

« Sa conscience. — Allons, allons, voilà bien des
façons ; je vois qu'il faut entrer malgré toi. (*D'un
coup de genou elle enfonce la porte.*)

« Buonaparte. — Malheureuse, que viens-tu faire
ici ? Qui t'a donné le droit de troubler ainsi mon
sommeil ? T'ai-je appelée à mon aide ? Sans toi je
fus toujours heureux et ton aspect seul m'épou-
vante...

« Sa conscience. — Ah ! je le crois sans peine... »
(P. 2.)

54. — Le Petit Homme Rouge, suivi de ces trois
autres pièces : Adieux de Buonaparte. — Litanies des agonisants. — Réveil d'un nouvel
Épiménide, après deux ans de sommeil. Signature Isidor Charville. — Paris, chez
Bechet et Eberhart, 31 p. in-8°, 1814.

« ...Dans quatre mille ans, nous ferons naître
un second Buonaparte ; mais, instruits par l'expérience que nous venons de faire, nous voulons
qu'il soit comme toi le génie du Mensonge, mais
avec moins d'effronterie, et que l'organe de la
destruction soit en lui moins prononcé. » (*Le Petit Homme rouge.*) (P. 4.)

« . ...Sainte Vierge, priez pour moi ; car j'ai

peuplé l'Europe de vierges; si elles ont pris leur
état en patience, ce ne sont point onze mille, mais
onze millions de vierges que je vous ai faites... »
(Litanies, p. 17.)

« De la vue du duc d'Enghien, de la vue de
Pichegru, de la vue du général Moreau, de la
vûe des brûlés de Moscou, délivrez-moi, Seigneur. »
(P. 20.)

~~~~~~~~~~~

55. — ANECDOTES CURIEUSES SUR BUONAPARTE,
suivies de la description de l'île d'Elbe et de
rapprochements curieux sur l'histoire de la
Révolution et les événements actuels. — Sans
nom d'auteur, imp. D'Hautel, 1814, Schœll,
libraire, 36 p. in-8°.

« Parmi les moyens qu'employait Buonaparte
pour avoir des soldats, il en est un connu de tout
le monde et qui consistait dans la fermeture des
ateliers. Les ouvriers, pris ainsi par famine,
étaient obligés de s'enrôler comme militaires...
Un de ses favoris lui disait à cette occasion : « Sire,
voulez-vous des soldats, il faut que la misère
augmente. »

« La formalité qu'il avait, dit-on, établie pour
choisir un auditeur était assez curieuse. On donnait à écrire aux candidats le mot *citron*. Ceux
qui l'écrivaient avec un *c* étaient nommés audi-
teurs de première classe, comme gens de savoir et
de capacité. Ceux qui l'écrivaient par un *s* étaient
de seconde classe. »

« Lettre curieuse, écrite par Buonaparte en décembre 1793 :

« Citoyens représentants, c'est du champ de la
« gloire, marchant dans le sang des traîtres, que
« je vous annonce avec joie que vos ordres sont
« exécutés, et que la France est vengée : ni l'âge,
« ni le sexe n'ont été épargnés : ceux qui avaient
« seulement été blessés par le canon républicain
« ont été dépêchés par le glaive de la liberté et par
« la baïonnette de l'égalité.

« Salut et admiration aux représentants du peu-
« ple, Robespierre jeune, Fréron, etc.

« Signé, *Brutus Buonaparte*, citoyen sans
« culotte. » (P. 12.)

56. — Qu'est devenu Napoléon? Détails sur
l'existence de ce grand personnage depuis
qu'il est déchu, par un Parisien revenu de
Fontainebleau, le 10 avril 1814, signature
A. M. — Imp. de Lenormant, 14 p. in-8°,
1814.

« On pourra se répéter longtemps sur un pareil sujet, sans épuiser le sentiment que donne le
besoin d'en approfondir l'horrible vérité. »

« *Si tout est fini, je m'empoisonnerai*, s'écria-
t-il. — *Il n'en fera rien, puisqu'il le dit*, observa
fort bien un des maréchaux. » (P. 9.)

57. — Exposé des moyens employés par l'empereur Napoléon pour usurper la couronne d'Espagne, par don Pedro Cevallos, premier secrétaire d'État et de dépêches de S. M. C. Ferdinand VII. Publié à Madrid le 1er septembre 1808, et traduit par M. Nettement, ancien secrétaire de la légation française à Londres, avec des notes historiques. Suivi des pièces officielles. — Seconde édition avec préface et conclusion du traducteur, de l'imp. de Michaud, avril 1814, 126 p. in-8°.

« ...C'est ainsi que fut consommée la plus horrible comme la plus épouvantable des trahisons dont l'histoire ait jamais fait mention. »

III

58. — La Queue de Buonaparte, ou les malveil-
lants, les factieux et les agitateurs dévoilés et
confondus. — Imp. de Moronval, 8 p. in-8°,
sans date.

« Cette queue, qui s'agite et se tourmente dans
l'ombre, se compose : de grands fonctionnaires
publics dans les différentes parties de l'administration ; de fonctionnaires publics su-
balternes ; d'employés, de commis, de garçons de
bureau, de domestiques de ces mêmes fonctionnaires publics ; de certains militaires indiscipli-
nés de différents corps ; de fournisseurs, d'entrepreneurs pour les armées ; de gens payés et sou-
doyés ; de gens d'un esprit faible ; enfin d'ouvriers
de toutes classes... Voici le langage qu'ils tien-
nent... » (P. 2.)

59. — Réponse a la Queue de Buonaparte,

signé : « Par un E..... » — Imp. de Setier,
8 p. in-8° (sans date).

« Puisqu'enfin, et *par la grâce de Dieu*, il est
déchu de tout pouvoir, pourquoi sans cesse parler
de lui ? Nous devrions imiter les Éphésiens et
craindre de prononcer ce nom, comme eux celui
d'Érostrate. » (P. 4.)

60. — QUE DEVIENDRA NAPOLÉON? Mourra-t-il ?
Ne mourra-t-il pas? — Sans nom d'auteur,
imp. de Cellot, 8 p. in-8°.

« Quoique le conquérant ne soit plus rien dans
la balance de l'Europe, que tout se passe comme
s'il n'avait jamais existé, la curiosité, qui cherche
à pénétrer dans l'avenir, fait sans cesse cette question... » (P. 3.)

61. — DE NAPOLÉON ET DE SA MORT POLITIQUE, signature P. C. — Imp. de Setier fils, 1814,
8 p. in-8°, voir n° 22.

62. — TESTAMENT DE NAPOLÉON BUONAPARTE et
sa déclaration au sujet de l'impératrice Joséphine, apocryphe, signature P. C. — Imp. de
Setier, 8 p. in-8°, 1814.

« .. Je lègue mon esprit au maître des rois, mon

corps à la terre, mon cœur à Marie-Louise et mon nom à son fils...

« Je lègue les premiers rayons de ma gloire au fils de Joséphine ; c'est un bien faible prix de sa fidélité.

« Je lègue mon orgueil à l'Angleterre, mon ambition est tombée à la mer, en passant à l'île d'Elbe ; je la lègue à l'habile plongeur qui pourra la repêcher. » (P. 7.)

63. — ORAISON FUNÈBRE DE BUONAPARTE, par une Société de gens de lettres ; prononcée au Luxembourg, au Palais-Bourbon, au Palais-Royal et aux Tuileries.— Quatrième édition, encore augmentée, chez Delaunay, Dentu, etc., 40 p. in-8°, 1814.

Pastiche composé de phrases empruntées à des discours, à des mandements et à des écrits de cinquante-trois orateurs ou écrivains, notamment Carion Nisas, Chabot de l'Allier, Chabrol, Champagny, Cuvier, Daru, Defermon, Étienne, Fontanes, Lacretelle, Laplace, Molé, Monge, Montalivet, Nougarède, Seguier, Ségur... (Voir n° 23, la deuxième édition. Une note avertit le lecteur que la première édition existe dans le *Moniteur*.)

Épigraphe : Pour assurer le bonheur et la gloire de la France, pour rendre à tous les peuples la liberté du commerce et des mers, et fixer enfin la paix sur la terre, Dieu créa Bonaparte et se reposa. (Préfet du Pas-de-Calais, *Moniteur* du 17 messidor an XI, page 1291.)

~~~~~~~

64. — CORRESPONDANCE DE NAPOLÉON ET DE JC-SEPH BUONAPARTE, trouvée sur la route de Bâle en Suisse, et envoyée à Paris par un habitant de ce pays, apocryphe, signature P. C. — Imp. de Setier, 8 p. in-8°, 29, 30, 31 mars 1814.

« Mes yeux se dessillent ! Je vois l'étonnante révolution qui s'opère ! Le génie des Bourbons triomphe, et celui de Napoléon est vaincu !

« ...En laissant respirer l'humanité, je donnerai un grand exemple au monde. »

~~~~~~~

65. — LA NUIT D'AVIGNON, ou seconde apparition de la conscience de Buonaparte, faisant suite à la Nuit de Fontainebleau. (Voir celle-ci, n° 53.) Dialogue. — Imp. de Moronval, 8 p. in-8°.

Épigraphe :

La gloire des méchants en un seul jour s'éteint.
L'affreux tombeau pour jamais la dévore.

« SA CONSCIENCE. — C'est dans le séjour des morts que je veux te mener. Tu vas entrevoir dans cette enceinte redoutable une partie des générations infortunées que tu as fait égorger pour satisfaire ton ambition démesurée ; tu vas entendre leurs

4

cris, leurs gémissements... Cela ne peut te faire
de peine, ainsi donc avançons.

« BUONAPARTE.— Avez-vous bientôt cessé de me
tourmenter? A quoi bon m'offrir toujours l'image
dégoûtante de mes crimes? » (P. 5.)

66. — LE PARDON DE NAPOLÉON BUONAPARTE et le
caractère de ce grand homme, signature R. D.
— Imp. de Eberhart, 8 p. in-8°.

Épigraphe : Au moindre regard funeste,
                    Le masque tombe, l'homme reste,
                    Et le héros s'évanouit.

« Il a fait élever des monuments dans un temps
où il écrasait le peuple de subsides. Plusieurs de
ces monuments sont sans utilité réelle... (P. 7.)

« Pardonnons à Napoléon, puisque *se* sont (*sic*)
ses erreurs qui nous ont rendu les Bourbons...
au moins, nous lui devons cela, et c'est quelque
chose. » (P. 8.)

67. — DIALOGUE ENTRE JOSÉPHINE ET BUONA-
PARTE, signé RUELLE. — De l'imp. de Charles,
rue Dauphine, 8 p. in-8°.

Apparition de Joséphine à l'Empereur à l'île
d'Elbe.

« J... — Un peuple doux, aimable et généreux se
jette entre tes bras; il s'abandonne sans réserve
à l'homme à qui il supposait de l'honneur...
Cet homme-là l'a humilié, méprisé, foulé

aux pieds... et par une suite de crimes les plus inouïs...

« B...— Tu m'ennuies avec ta morale intempestive... Laisse-moi en repos et ne reviens plus... »

68. — La bonne Joséphine mourante, à son fils Eugène, à sa fille Hortense et à son infidèle époux. — Sans nom d'auteur, de l'imp. de Cellot, 8 p. in-8°. (Apocryphe.)

« Plus la fortune m'élevait, plus je redoutais son inconstance pour moi; et les honneurs qui s'accumulaient autour de nous, me faisaient penser aux humiliations qui pouvaient les remplacer. La dignité d'impératrice ne fit qu'augmenter mes terreurs. Aussi, bien loin de m'en prévaloir et de m'oublier dans une si grande fortune, je ne m'occupai que d'inspirer à mon époux les sentiments d'un prince généreux et pacifique...» (P. 4.)

69. — Testament de l'impératrice Joséphine, trouvé dans son château de la Malmaison. — Imp. de Moronval, 8 p. in-8°. (Apocryphe.)

« Je demande à Dieu de protéger le règne des Bourbons, de le rendre éternel comme leur mémoire. Puisqu'il a permis que la dynastie des Napoléons fût à jamais détruite, il ne voudra pas que la France soit exposée à de nouveaux dangers et de nouveaux malheurs... » (P. 7.)

70. — Réfutation du prétendu testament de
l'impératrice Joséphine. — Imp. de Setier,
sans nom d'auteur, 8 p. in-8°.

~~~~~~~~~~~~~~~

71. — Anecdotes curieuses et inédites sur la
vie de l'impératrice Joséphine, au sujet de la
mort de Beauharnais, son premier mari, et sur
l'expédition que préparait Buonaparte en
Égypte, suivies d'une lettre que Napoléon
lui a écrite quelques jours avant son départ de
Fontainebleau.— Sans nom d'auteur, de l'imp.
d'Eberhart, 8 p. in-8°.

~~~~~~~~~~~~~~~

72. — Constitution donnée par Napoléon Buonaparte aux habitants de l'île d'Elbe. — Sans
nom d'auteur, imp. de Moronval, 8. p. in-8°.

« ... Considérant qu'il importe de faire du peuple elbois une nation GRANDE et puissante :

« ... Je me nomme par ces présentes Empereur
de l'isle d'Elbe.... (P. 2.)

« ... Ayant reconnu qu'un Conseil d'État était
pour le moins aussi onéreux qu'inutile, l'Empereur se passera provisoirement de conseils...
(P. 5.)

« ...Tout habitant a droit de prétendre à la faveur de la distinction de la Légion d'honneur ;
néanmoins, les premières promotions ne seront

portées qu'au nombre de 6,000 seulement...
(P. 5.)

« ... L'organisation militaire éveillera surtout
la sollicitude de l'Empereur... (P. 6.)

« ... La marine de l'isle d'Elbe est destinée à
devenir une des plus brillantes et des plus belles
de l'Europe... » (P. 6.)

73. — LA LANTERNE MAGIQUE DE L'ISLE D'ELBE, en-
trez, messieurs, c'est la clôture ! par M... —
De l'imp. de Setier, 7 p. in-8°.

« ...Voyez-vous, messieurs, cette vaste plaine et
cette quantité de soldats occupés à travailler la terre ?
Chacun se dit : Que font-ils donc là ? Eh bien !
messieurs, ils sont occupés à cultiver des bette-
raves. En voyez-vous là-bas qui tirent des pierres
et les empilent ? Ceux-là, messieurs, sont ceux qui
sont destinés à construire des bâtiments propres
à faire du sucre. Voyez-vous encore de l'autre
côté de ce grouppe, sur la petite monticule (*sic*),
à gauche, d'autres soldats qui plantent de petits
arbres ? Diriez-vous, messieurs, que c'est du plant
de cacao, pour faire du chocolat ? Mais je ne vous
ai point encore dit à quoi s'occupe ce troisième
grouppe que vous voyez au fond, dans le milieu ;
ceux-là s'occupent à semer des choux et des légumes. Je ne doute pas, messieurs, que dans quelques années, l'île d'Elbe ne devienne le plus joli
petit royaume du monde ; le Sire veut, comme en
France, se passer de toutes les nations... »
(P. 4.)

74. — Premier bulletin le l'isle d'Elbe, donnant des nouvelles de Napoléon Buonaparte, son souverain, de ses occupations, de ses projets de réforme et d'embellissements, avec la liste des pièces de théâtre données par son ordre, et l'annonce des fêtes et jeux solennels qui doivent avoir lieu pour l'anniversaire de son avénement à la couronne de ce nouvel empire. — Sans nom d'auteur, de l'imp. de Herhan, 8 p. in-8°.

« Les Elbois se félicitent que leur souverain ait renoncé aux plaisirs de la guerre pour se livrer entièrement à celui de faire bâtir. Déjà l'on s'occupe de la construction d'un magnifique palais en marbre blanc, on ouvre des canaux, on répare les chemins publics, on trace la ligne de quais superbes qui vont être bâtis autour de cette île. » (P. 4.)

75. — Lettre de Napoléon Buonaparte au grand turc, datée de l'île d'Elbe, du 1er juin 1814, signature P. C. — De l'imp. d'Eberhart, 8 p. in-8°.

« Joseph fit entourer Paris d'une palissade ridicule ; fit à l'approche de l'ennemi une proclamation plus ridicule encore ; mit ses phalanges en avant, presque sans munitions, et partit en disant : « Je reste avec vous. »

76. — LE TRIOMPHE D'ALEXANDRE, par Mlle E. P.
— De l'imp. de Moronval, 8 p. in-8°.

« ... Astre éclatant de vertus et de gloire... Héros magnanime... digne de l'adoration de l'univers.... plus grand que tous les plus grands hommes..., illustres alliés, généreux vainqueurs...., etc. »

77. — LE BIJOU RETROUVÉ, ou la naissance merveilleuse de la paix actuelle. Ses père, mère, parrain, etc., et la solution d'une question importante, suivie de la Filleule de Louis XVIII, avec six couplets signés S. — Imp. de Setier, 8 p. in-8°, 9 juin 1814.

Sur l'air de la *Pipe de tabac.*

Rassurez-vous, jeunes fillettes!
La paix ramène vos beaux jours,
La paix sourit à vos fleurettes;
Elle est la mère des amours. (*bis.*)

Plus de cette faulx si sévère
Qui moissonnait tous vos amants...
Pour vous, Louis, comme un bon père,
Conservera tous ses enfants. (*bis.*)

. . . .
Aisance, bon vin, bonne chère;
La poule au pot. Quels changements!
C'est que Louis, comme un bon père,
Veut régaler tous ses enfants. (*bis.*)

78. — Convention conclue a Fontainebleau, le 11 avril 1814, entre les puissances alliées et les commissaires de Napoléon. — 2 p. in-8°.

79. — Bouquet a S. M. Louis XVIII et à Son Altesse royale Mme la duchesse d'Angoulême, présenté par les dames de la Halle et du Marché-Neuf. — Avec fleuron aux armes royales, 8 p. in-8°, imp. de Moronval. Avec des vers :

> Le voilà donc ce Louis, ce bon roi
> Que nous regrettions tant, dont nous pleurions l'ab-
> [sence;]
> Il vient de recouvrer son trône et sa puissance,
> Et déjà nous vivons sous son aimable loi.

80. — De la perception des droits réunis, par des cabaretiers impartiaux, J. F. H., P. L., F. B. — 8 p. in-8°, imp. de Setier.

« Si le droit est de 2 sols par bouteille, nous savons bien nous arranger de manière à en percevoir trois, sans compter *les petits accessoires* provenant des mélanges, mixtions, etc., etc., etc ... » (P. 5.)

81. — Sort des employés dans la réorganisation

des administrations publiques, signé B. —
Imp. de Charles, 8 p. in-8°.

« Il est de notoriété publique qu'il existe dans
la plupart des administrations, notamment dans
celles des Droits-Réunis, des employés à gros ap-
pointements qui n'ont rien à faire, qui ne font
rien et qui ne sont connus, à la fin du mois, que
du caissier qui paye leur traitement. La réforme
de ces chanoines doit précéder toute autre réforme. »
(P. 4.)

82. — Un mot sans réplique, ou défense des
employés contre les critiques qui ont parues
(sic) contre eux, signé H. — Imp. de Eberhart,
8 p. in-8°.

« Le règne du père de la patrie est l'opposé de
celui d'un tyran; celui-ci ruine les peuples pour
enrichir quelques favoris; celui-là n'a des favoris
que pour enrichir ses enfants.... »

« Si les dépenses sont moindres sous le règne du
père de la patrie que sous celui qui en était le pa-
râtre, c'est un devoir sacré de se hâter de soulager le peuple.... »

83. — Les Employés vengés des sarcasmes de
M. H., signé P. de B. — Imp. de Charles,
8 p. in-8°.

84. — Le Fond du sac et a chacun son sac, par
l'auteur de la Lanterne magique, etc., etc. —
Imp. de Cellot, 8 p. in-8°.

« Dans toute espèce de sac, depuis le sac à pou-
dre jusqu'au sac à charbon, il faut considérer le
dessus, le milieu et le fond....

« ...Le 19 brumaire, nos cinq directeurs, qui se
croyaient bien rusés, se sauvèrent chacun avec
leur sac....

« ... Le fond du sac ayant été mis à découvert,
on en vit sortir un grand empire.

« ... Le grand homme prit alors son sac qui
n'avait plus de fond, et partit bientôt après. Les
sacs de ses soldats étaient devenus fort légers et
les nôtres ne contenaient presque plus rien....

« Hommes opulents, heureux du siècle, grands
de la terre, soyez modestes, et pensez toujours
au sac; car, tôt ou tard, vous aurez votre sac. »

85. — Gargantua a la diète, ou la marmite renversée. — Sans nom d'auteur, imp. de Setier,
8 p. in-8°.

« Depuis longtemps, M. Gargantua, ce fameux
descendant de l'ancienne famille d'*Avalons*, était
habitué à la cuisine de M. Boniface Regalant,
personnage *Tablophile*, dont la fortune égalait
heureusement la friandise. M. Boniface Regalant
partageait le bénéfice d'un riche marchand d'esclaves, qui faisait ce beau trafic dans les quatre
parties du monde.

« ...Or, des hommes forts envahirent les riches possessions du marchand d'hommes, qui s'embarqua sans songer au pauvre Boniface qui digérait encore dans son lit le dîner de la veille.

« ...Le pauvre homme s'étant éveillé, entendit autour de lui : A bas le marchand d'esclaves! à bas tous ceux qui ont favorisé son commerce! Son premier soin fut de faire son paquet et de gagner la porte de la ville, faisant le serment de ne plus régaler ni père ni mère.

« .. Qui fut le plus attrapé, ce fut le misérable Gargantua... qui trouva la *marmite renversée.* »

> O ma tendre marmite
> Marmite mes amours !
> . . . .

86. — Éclaircissements donnés par le citoyen Talleyrand à ses concitoyens. — Nouvelle édition, chez Laran, libraire, Palais-Égalité. (Réimpression, en 1814, d'un écrit publié en l'an VII.)

« Les garanties les plus certaines que l'on puisse offrir à la République sont incontestablement dans un amour bien prononcé pour cette liberté qu'un Français quelconque, depuis 1792, ne peut sans délire chercher hors de la République.... dans cet honneur national qui doit être la vie d'un Français et qui soulève l'âme à l'idée seule que des Autrichiens et que des Russes, après avoir ravagé notre pays, viendraient insolemment

nous dicter des lois.... Ces garanties, je ne crains
pas de le dire, je les présente toutes. » (P. 8.)

\~\~\~\~\~\~

87. — GUERRE AUX MOTS.— Chez les marchands
de nouveautés, 8 p. in-8°, 1ᵉʳ juin 1814.

Chapitres : Du nom donné au Roi. — De nos
souverains légitimes; de Louis XVII ou XVIII
remonté sur son trône. — Du ci-devant Empereur
et des qualifications méprisantes qu'on lui prodi-
gue. — Du rappel continuel de la Révolution et
de ses circonstances. — Du traité de paix.

« On a donné au ci-devant empereur le nom
d'*usurpateur*.... Cette apostrophe est du fait des
partisans du système républicain; car, lorsque
Napoléon releva le trône abattu depuis quatorze
ans, il n'usurpa bien certainement que la République, et je ne pense pas qu'il soit venu à l'idée
d'un royaliste de lui en adresser le reproche. »
(P. 5.)

\~\~\~\~\~\~

88. — RECUEIL DES LETTRES D'UN RESSUSCITÉ, à
tous ceux qui ont eu une grande influence
dans la politique et le gouvernement de la
France, depuis 1788 jusqu'à ce jour, et à
ceux qui en ont et doivent avoir encore, par
L. B. D. 2ᵉ cahier. — Paris, Poulet, imprimeur, 119 p. in-8°, fleuron aux armes
royales.

Sept lettres, portant les dates des 26, 27, 28,

29, 30, 31 avril et 1ᵉʳ mai 1814, traitant de l'état politique de l'Europe, de la politique de l'Angleterre, de la Russie, de l'Espagne ; de la situation et de l'organisation des puissances asiatiques, Perse, Indostan; de nos colonies des Antilles. (Voir la première série, nº 32.)

« La persévérance est une vertu, lorsque le but de l'homme ou de l'État qui la met en pratique est utile et juste; elle est un vice funeste, lorsque ce but peut causer la démoralisation de l'homme ou de l'État. La nation espagnole en est une preuve irrécusable pour la saine raison. » (P. 80.)

« J'ai admiré les Castillans sous les Pelages; je les ai plaints et estimés depuis quelques années, et je les vois renaître aujourd'hui avec joie. Mais ils ne font que de renaître et les grands vices introduits parmi eux ne sont pas détruits. » (P. 82.)

89. — ANECDOTES INÉDITES OU peu connues sur le général MOREAU. Signé S. — Imp. de Setier, 1814, 20 p. in-8°.

« Moreau s'embarqua sur un bâtiment espagnol pour se rendre en Amérique. En pleine mer ce navire fut arrêté par le capitaine d'une frégate anglaise, qui demanda leurs passe-ports à tous les voyageurs. Arrivé au tour de l'Aristide français, celui-ci ouvrant son porte-feuille lui dit: « Je suis le général Moreau », « c'est assez répondit le capitaine anglais, fermez votre porte-feuille; Moreau n'a jamais menti. » Ils déjeunèrent ensemble, et,

au moment de leur séparation, l'Anglais fit tirer
cent un coups de canon en l'honneur du général. »

90. — Les Remontrances du parterre, ou lettre
d'un homme qui n'est rien à tous ceux qui ne
sont rien. Troisième édition, par Jérôme Lefranc. — Imp. de Pillet, 1814, 23 p. in-8°.

« Les écrivains qui dans la vue d'accrocher des
tabatières enrichies de diamants, des pensions, des
rubans d'ordres étrangers ou nationaux, représen-
tent aujourd'hui Bonaparte comme un aventurier
méprisable, comme un charlatan qui n'avait en
France aucune ressource, insultent grossièrement
les souverains étrangers... » (P. 9.)

91. — Le Censeur, ou examen des actes et des
ouvrages qui tendent à détruire ou à consoli-
der la constitution de l'État, par M. Comte.
— Chez les libraires Chaumerot, Blanchard et
Dentu. Imp. de Charles, 132 p. in-8°, juin et
juillet 1814.

Série d'articles sur la liberté de la Presse et la
Censure ; la liberté des Cultes et l'usurpation de
l'autorité législative ; fragment tiré d'un manuscrit d'Iben-Asbek-Adel, historien arabe (sur le
despotisme). — Examen de ce qui s'est passé à
la chambre des députés, depuis le 27 juin jusqu'au
1er juillet 1814. — Des sectes politiques : dialogue

entre un royaliste pur, un royaliste constitutionnel, un républicain et un métaphysicien.— Lettre
au Ministre de l'intérieur sur la liberté de la
presse, considérée dans ses rapports avec la liberté
civile et politique.— Observations sur ce qui s'est
passé à la chambre des députés depuis le 1er jusqu'au 12 juillet. — Loi sur la presse.

« Vous autorisez à publier, sans aucune espèce
de censure préalable, des mandements, des lettres
pastorales, des catéchismes et des livres de prières.
Croyez-vous que ces ouvrages ne peuvent pas
être aussi dangereux que des ouvrages philoso-
phiques? La religion ne saurait être nuisible sans
doute; mais ses ministres en abusent quelquefois
d'une manière bien cruelle..... Pensez-vous qu'un
recueil de prières semblables à celles que Jacques
Clément adressait au ciel avant l'assassinat de
Henri III, serait un recueil fort édifiant? D'ailleurs que ne peut-on pas convertir en prières ou
en mandements? (9 juillet 1814). » (P. 115.)

⁓⁓⁓⁓⁓⁓

92. — Départ du Pape de Fontainebleau, scène
touchante entre Sa Sainteté et les cardinaux
au moment de leur séparation. Orné du portrait de Pie VII.— Imp. de Setier, 4 p. in-4°.

⁓⁓⁓⁓⁓⁓

93. — Voyage du Pape de Fontainebleau à Savone, faisant suite au départ de Sa Sainteté de

Fontainebleau; pièce historique, communiquée par une personne qui accompagnait le Saint-Père. — Imp. de Setier, 4 p. in-4°.

94. — L'Ombre de Louis XVI au peuple français. — Imp. de Setier, 4 p. in-4°.

95. — Caractère de Louis XVIII, ses paroles et faits mémorables avant et après son départ de Paris, avec portrait et six couplets. — Imp. de Setier, 4 p. in-4°, plié.

> En vain Bacchus et la bonne Cérès
> Daignaient nous combler de largesses,
> D'un œil jaloux calculant leurs bienfaits
> Un frelon pompait ces richesses.

96. — La Résurrection de Henri IV sur le Pont-Neuf. — Imp. de Setier, 4 p. in-4°.

> « Les nymphes de la Seine ont tressailli d'allégresse; les passants ont suspendu leur marche; en un clin d'œil, le Pont-Neuf est devenu le rendez-vous de tous les habitants de Lutèce. »

97. — La plus belle aurore, ou le retour de S. A. R. Charles-Philippe, comte d'Artois.

Portrait et cinq couplets. — Imp. de Setier,
4 p. in-4°.

> De Louis précurseur fidèle,
> Charles se montre de nouveau,
> Comme l'aurore la plus belle,
> Avant le soleil le plus beau.

~~~~~~~~~~~~

98. — LE MONITEUR SUPPRIMÉ ou le double *Moniteur* du 20 janvier 1814.

Transcription d'un numéro du *Moniteur*, imprimé à cette date, puis supprimé avant la distribution et remplacé par le numéro resté officiel. — Sans nom d'imprimeur, 32 p. in-8°.

Le numéro supprimé contient: « La proclamation des armées coalisées, datée de Francfort, 1er décembre 1813. — Une proclamation du prince de Schwartzenberg aux Français (21 décembre 1813). — Une proclamation de Blücher aux habitants de la rive gauche du Rhin. — Une note du comte de Metternich datée de Prague, 21 août 1813. — Un rapport du baron de Saint-Aignan. — Une note du même, écrite à Francfort le 9 novembre 1813. — Une lettre du duc de Bassano au comte de Metternich, 16 novembre 1813. — La réponse du prince de Metternich, 25 novembre. — Deux lettres du duc de Vicence au prince de Metternich, 2 décembre et 6 janvier 1813. — La réponse du prince, 10 décembre et 8 janvier.

~~~~~~~~~~~~

99. — Mémoire de M. le maréchal Davoust, prince d'Eckmühl, au Roi. (Sur les événements et la défense de Hambourg), avec pièces justificatives. — Imp. de Crapelet, 160 p. in-8°, 1814.

100. — Le Robespierre de Hambourg démasqué. Réponse à une brochure intitulée : Hambourg et le maréchal Davoust. Par un ancien fonctionnaire français. Sans signature. —Imp. de Lenormant, 45 p. in-8°, 1814.

101. — Opinion impartiale d'un Hambourgeois relativement aux brochures qui ont paru successivement sur Hambourg. Signé Sivol ; 4 août 1814. — Imp. de A. Belin, 14 p. in-8°.

102. — Mémoire adressé au roi, en juillet 1814, par M. Carnot, lieutenant général, chevalier de l'ordre royal et militaire de Saint-Louis, membre de la Légion d'honneur, de l'Institut de France, etc., à Bruxelles, chez les marchands de nouveautés, 64 p. in-8°, 1814[1].

1. On sait que ce mémoire a été mis à l'index en raison de la franchise et de l'indépendance de son langage.

Épigraphe :

Bientôt ils vous diront que les plus saintes lois
Maîtresses du vil peuple obéissent aux rois.

RACINE.

« L'honneur est le principe de tout ce qui se fait de grand dans le monde, les honneurs, un simple signe de la faveur, et plus souvent la marque de l'intrigue ou d'une vile complaisance plutôt que du mérite réel. L'honneur excite une généreuse émulation ; les honneurs une basse jalousie : ceux-ci rendent indifférent sur les intérêts du gros de la nation dont ils distinguent et isolent celui qui en est revêtu. L'honneur de chaque citoyen, au contraire, n'est qu'une émanation, une portion de l'honneur national.

« Tout ce qu'on peut dire de plus favorable à ce qu'on nomme *les honneurs*, c'est qu'ils ne sont précisément pas incompatibles avec le véritable honneur, mais un homme taré, flétri, déshonoré dans l'opinion, peut réunir sur sa personne tous les titres, tous les honneurs, toutes les décorations, toutes les dignités, tandis qu'un homme modeste plein de probité, de vertus, de talents, du véritable honneur enfin, peut n'avoir aucune de ces distinctions qu'on nomme *les honneurs*. L'honneur est inhérent à celui qui a su l'acquérir ; on se dépouille des autres en ôtant son habit. (P. 46.)

« Sans doute c'est un grand avantage pour une nation de pouvoir payer avec une branche de chêne ou de laurier, avec des croix ou des rubans, les plus importants services qu'on puisse lui rendre; mais si ces distinctions deviennent le prix de la coterie, de l'espionnage, de services plus honteux encore, de quelle utilité pourront-elles être bientôt pour cette nation? Qui voudra se dévouer aux plus pénibles travaux, aux plus dures privations pour les obtenir? Qui ira les chercher dans les camps, si on peut les ramasser à pleines mains dans une antichambre?

« ..... Et c'est ainsi que les honneurs factices finissent par tuer le véritable honneur, par produire l'avilissement et la démoralisation lorsqu'ils devaient élever et épurer les âmes ; ils substituent la vanité à la grandeur, la patrie n'est plus rien au milieu de ces hochets; il n'y a plus d'aliment pour l'émulation, et les siècles s'écoulent sans qu'il reste aucun souvenir de ces innombrables puérilités. » (P. 48.)

IV.

103. — Histoire secrète du Cabinet de Napoléon Buonaparte et de la Cour de Saint-
Cloud, par Lewis Goldsmith, notaire, ex-in-
terprète près les Cours de Justice et le Conseil
des Prises de Paris. Seconde édition.—Imprimé
à Londres et vendu à Paris chez les marchands
de nouveautés; 1814, 2 volumes in-8°.

Le premier volume, de 275 pages, est une
série de portraits et de biographies.

Épigraphe : Mon empire est détruit, si l'homme
est reconnu.

(Voltaire. — *Mahomet.*)

« Le Directoire connaissant le goût des Parisiens
pour les *fêtes publiques*, dont ils avaient été privés
sous le *régime* de Robespierre, en établit qui devaient être célébrées avec une grande pompe. Il y
eut la fête *de la jeunesse*, qui correspond à celle
d'Hébé — la fête *de l'agriculture*, qui correspond
à celle de Cérès et de Triptolème. Il y eut aussi,

pour correspondre à la fête de l'Hymen, *la fête
des époux*, que les Parisiens appelèrent *la fête
des c....*: ce qui jeta du ridicule sur tout le
reste, et les fêtes furent supprimées. » (P. 37.)

. . . .

. . . .

« Au milieu de ses crimes politiques et domestiques, cet homme a quelque chose de puéril.
Ayant reçu de l'Empereur de Russie une lettre
qui flattait sa vanité, il la montra à tous ses courtisans comme un enfant montre son joujou ; mais
si aucun de messieurs ses frères et cousins impé-
riaux ne le traitent pas avec le respect qu'il croit
lui être dû, il court comme un fou dans sa chambre, brise tout, bat ses ministres et ses courtisans
qui sortent en se disant : « Il n'est pas abordable
aujourd'hui. » (P. 99.)

« Quelques personnes ayant montré de l'étonnement de voir Roger Ducos nommé consul, avec
deux hommes comme Buonaparte et Sieyès,
Mme de Staël dit qu'on l'avait placé là comme du
coton entre deux vases de porcelaine. » (P. 100.)

« Le Corps législatif était venu complimenter
l'impératrice sur les victoires en Espagne: « Je
suis très-flattée, dit-elle à la députation, de rece-
voir le témoignage d'estime du Corps législatif,
qui *représente la nation;* c'est aussi le sentiment
de l'Empereur. » Buonaparte lui écrivit, de Bur-
gos, une lettre furieuse.

« *Moniteur du 15 décembre* 1808 :......... S. M.
« l'impératrice n'a pas dit cela ; elle sait trop
« bien que le premier représentant de la nation

« c'est l'Empereur, car tout pouvoir vient de Dieu
« et de la nation.

« ..... La Convention, même le Corps législatif
« ont été représentants. Telles étaient nos consti-
« tutions alors. Aussi le Président disputa-t-il le
« fauteuil au Roi, se fondant sur ce principe que
« le Président de l'Assemblée de la nation était
« avant les autorités de la nation.

« Nos malheurs sont venus en partie de cette
« exagération d'idées. Ce serait une prétention
« chimérique et même criminelle que de vouloir
« représenter la Nation avant l'Empereur. . . . . »
(P. 107.)

« ... L'assassinat du duc d'Enghien excita une
grande indignation dans toutes les classes du peuple. Fouché dit en ma présence : « C'est un coup
de fusil inutilement lâché. » (P. 143.)

« Madame Murat étant au théâtre de la Porte-
Saint-Martin, quelqu'un cria du parterre : « Voilà
une princesse *du sang* ; » un autre dit « *d'Enghien.* » (P. 160.)

« Suivent des biographies anecdotiques de l'im-
pératrice Joséphine. — Mme Buonaparte, mère. —
Joseph Buonaparte. — La princesse Pauline. —
La princesse Élise. — Joachim Murat. — Caroline
Murat. — Lucien Buonaparte. — Jérôme Buona-
parte. — Le cardinal Fesch. — Fanny de Beau-
harnais. — Louis Buonaparte. — Cambacérès. —
Lebrun. — Fouché. — Régnier. — Decrès. — Maret.
— Regnault de Saint-Jean d'Angely. — Ségur. —
Savary. — Talleyrand de Périgord. — Caulain-
court. — Maréchal Augereau. — Brune. —

Bernadotte.— Davoust.— Kellermann.— Lefèvre.
— Masséna. — Mortier. — Macdonald. — Marmont. — Moncey. — Ney. — Perignon. — Serru-
rier. — Soult. — Victor. — Rapp. — Hulin. —
Sébastiani. — Vandamme. — Dupont. — De Lacepède. — François de Neufchâteau. — Réal. --
De Douay. — Sieyès. — Blanc d'Hauterive. »

Second volume; titre: « *Conduite de Buonaparte envers les puissances étrangères.* »
— 213 pages, Londres et Paris, 1814.

« *Décret de Berlin* (novembre 1806). «..... Tou-
« tes les lettres allant en Angleterre ou en venant,
« ou adressées à des Anglais seront arrêtées;
« toutes les lettres écrites en anglais seront sup-
« primées.

« En conséquence de cet article du décret, les
commis des bureaux de poste eurent ordre de
saisir toutes les lettres adressées à des personnes
dont les noms étaient anglais. Deux négociants
américains demeurant à Paris se rendirent chez
M. Lavalette, directeur des Postes et conseiller
d'État. Ils lui firent sentir les inconvénients aux-
quels ce décret soumettrait les Américains, et lui
représentèrent que les noms anglais et les noms
américains se ressemblaient si fort en général qu'il
était impossible de faire la différence. Ils lui de-
mandèrent en conséquence ce qu'ils avaient à
faire relativement à leur correspondance en anglais. « Écrivez en votre propre langue ! » répondit
le directeur. »

104. — DES ATRIDES OU FRÈRES CORSES. Sans nom d'auteur ni d'imprimeur. — A Paris, chez les marchands de nouveautés, 22 p. in-8º, 1814.

Épigraphe :

Prima lex, irasci ; secundaque vivere rapto ;
Tertia, mentiri ; quarta negare Dcos.

SENEQ.

Et au-dessous : « Colère, brigand, menteur, athée. »

« *Secunda vivere rapto : Brigand.* Interrogez l'Italie, l'Allemagne, la Pologne, la Russie, tous les pays de l'Europe, où Napoléon a fait passer le torrent dévastateur de son ambition et de sa rage contre le genre humain : considérez le sort de la France elle-même, et dites si jamais les spoliations des Huns et des Normands ont, comme les siennes, desséché toutes les sources physiques et morales du bonheur et de la prospérité publique et particulière. »

105. — ROBESPIERRE ET BUONAPARTE, ou les deux tyrannies, sans nom d'auteur ni d'imprimeur. —A Paris, chez les marchands de nouveautés, 16 p. in-8º, 1814.

« Cette jeunesse, qui est systématiquement entassée dans les armées de la nouvelle tyrannie ; cette opération régulière, nécessaire, qui montre d'avance aux familles le moment de leurs douleurs et aux enfants le commencement de leur

supplice; ces assassinats exécutés aux flambeaux,
dans le fond des forêts; ... ces victimes qui dispa-
raissent chaque jour; ... cette décomposition
graduelle, journalière de toutes les habitudes, de
toutes les opinions, de tous les sentiments qui
formaient le caractère national; cette jeunesse
nouvelle... ignorante... Tout cela n'est-il pas
mille fois plus effrayant que ce régime qui fut
brisé dès que celui qui l'avait dirigé eût montré
des prétentions et se fût isolé de ses complices ? »
(P. 13.)

106. — Parallèle de Philippe de Macédoine,
de Denys de Syracuse et de Napoléon de
Corse ; ou Napoléon rapproché de ces deux
tyrans. Sans nom d'auteur.—Eymery, libraire,
fleuron aux armes royales, 16 p. in-8°.

« Lâche comme tous les tyrans, incapable de
terminer une vie qui ne pouvait plus être qu'igno-
minieuse, et sacrifiant volontiers jusqu'au dernier
homme de son pays pour conserver sa tête criminelle, Denys aima mieux aller faire le métier de
maître d'école à Corinthe, que de cesser de vivre.

« Buonaparte a mieux aimé aussi être relégué
dans une île, y vivre en simple particulier, que
d'employer les moyens qu'on lui avait fournis de
terminer sa vie... « (P. 13.)

107. — TRAITS D'HISTOIRE SUR LES RÉVOLUTIONS.
Sans nom d'auteur.— Imprimerie de Michaud,
fleuron aux armes royales, 1814, 28 p. in-8º.

« Rappeler des traits d'histoire analogues à de
trop funestes événements... dévoiler les moyens
dont le génie du mal a fait usage pour exécuter
des choses inimaginables.... tel est le but, etc. »

108. — LES SÉPULCRES DE LA GRANDE ARMÉE, ou
tableau des hôpitaux pendant la dernière campagne de Buonaparte. Signé S. — Chez les
libraires Eymery, Dentu, Delaunay, Pelissier
au Palais-Royal, 1814, 61 p. in-8º.

Epigraphe : « Un blessé était un fardeau. »
(CHATEAUBRIANT, *de Buonaparte et des Bourbons.*)

« *Une évacuation.* — Au premier hameau, les
charretiers, en murmurant, s'arrêtent, donnent
l'avoine à leurs chevaux et entrent au cabaret. Les
militaires sont restés dans les voitures ; la neige
tombe à gros flocons ; on appelle longtemps en
vain ; on élève la voix de l'indignation. Une heure
s'est écoulée, enfin les voituriers sortent, jurent,
tempêtent, accusent les soldats d'être la cause des
nombreuses et ruineuses réquisitions ; ils vont
jusqu'à leur reprocher les maux de la guerre, et
dire que leur servile obéissance empêche une paix
nécessaire... Injures réciproques ; les conducteurs

ont bu, ils sont irascibles; leur colère éclate.
Les chevaux, selon l'usage, s'en ressentent; frappés à coups redoublés, ils partent au galop, et les
voitures vont un train de poste sur un chemin
raboteux : d'épouvantables hurlements aussitôt
retentissent; rien n'égale un supplice pareil. Des
cuisses, des bras cassés, luxés, sont heurtés,
ébranlés par d'horribles cahots. L'un de ces cahots
est si violent, qu'il jette à terre deux malades
placés à l'extrémité de la dernière voiture : trois
blessés envient leur sort, et pour mettre fin à des
tortures inouïes, s'efforcent eux-mêmes de tomber!... Les conducteurs montés sur leurs chevaux
ne voient rien, entendent ou n'entendent pas les
cris, les voitures ne s'arrêtent point. Cinq malheureux restent abandonnés sur le chemin à neuf
heures du soir!!! » (P. 39.)

« ... N'a-t-on pas vu vingt fois conduire au
grand trot des fourgons d'ambulance, pleins de
blessés? N'a-t-on pas vu, je frémis en le rappe-
lant, n'a-t-on pas vu immédiatement après le
massacre de Lutzen, toute la maison, dite de
l'empereur, et composée de plus de soixante voitures, traverser ventre à terre le champ de bataille, fouler aux pieds des chevaux, écraser sans
pitié les blessés français. Eh bien! les cris affreux,
déchirants; ces corps mutilés, se roulant pêle-
mêle, se hâtant de traîner après eux leurs membres en lambeaux, cherchant encore la vie sur le
champ de la mort; l'effroyable craquement des os
et des crânes, le sang et les cervelles qui jaillis-
saient jusque sur les écuyers, ont-ils pu ralentir
leur course meurtrière?

« ..... Conscrits, mieux nommés *proscrits*, tel était votre sort. Si vous avanciez, on vous mitraillait ; si vous reculiez, on vous sabrait ; si vous tombiez, on vous écrasait ; si vous fuyiez on vous décimait..... » (P. 41.)

« ... Toutes les nuits on jetait à la rivière quarante ou cinquante cadavres. Bientôt la Seine offrit l'aspect le plus épouvantable. La foule se portait sur les ponts de Montereau, de Melun, de Corbeil, de Choisy, pour contempler des corps flottants et hideux : on en a compté jusqu'à dix-neuf dans une heure. » (P. 55.)

V

109. — ELOGE HISTORIQUE DE MADAME ELISABETH
DE FRANCE, suivi de plusieurs lettres de cette
princesse, par ANTOINE FERRAND, ancien magistrat, auteur de *l'Esprit de l'Histoire*. —
De l'imprimerie royale, 1814, 316 p. in-8°.

110. — NOTICE HISTORIQUE SUR LOUIS-ANTOINE-
HENRI DE BOURBON-CONDÉ, DUC D'ENGHIEN,
prince du sang royal, suivie de son oraison
funèbre, prononcée dans la chapelle catholique
de Saint-Patrice, à Londres, en présence de la
famille royale, par l'abbé de Bouvens. — De
l'imprimerie de Michaud, 1814, 40 p. in-8°.

111. — LA VÉRITÉ, ou petite brochure pour servir
à une grande histoire, avec le portrait du comte
de Lille. Ouvrage qui a été le motif de

l'arrestation et du jugement de plusieurs im-
primeurs, libraires et hommes de lettres. —
Sans signature et sans nom d'imprimeur.
Porte la date du 28 mars 1815 (cent-jours).

Extraits du Moniteur : Discours prononcé par
Monsieur, frère du Roi, en l'assemblée générale
des représentants de la commune de Paris, le
samedi 26 décembre 1789. — Discours adressé à
Monsieur, frère du Roi, par M. Bailly, maire.

Moniteur du 20 germinal an VI, fol. 802 : Pièce
extraite des papiers trouvés chez Durand-Mail-
lane. — « Le prétendant est abhorré de toute l'émigration ; elle ne voit en lui qu'un tartuffe, auteur
de tous les malheurs dont la France est assiégée, et
l'on est étonné de ce que personne n'ose, pour y
mettre fin, donner le jour à la vérité. »

Moniteur du 30 germinal an VI, fol. 842 : Le
représentant du peuple Rousseau, membre du
Conseil des anciens, au rédacteur du *Moniteur :*
« C'est à Coblentz qu'ont été prononcés la plupart des arrêts qu'une férocité stupide et aveugle
exécutait dans toute la France, contre une foule
de républicains ; et les anarchistes de l'an II, en
se couvrant du manteau du républicanisme, n'ont
été que les instruments des vengeances et de
l'ambition des deux frères du dernier roi.

Portrait du comte de Lille, extrait du mémoire
concernant la trahison de Pichegru par M. le
comte du Montgaillard : ..... « Il n'a conservé de
son ancien état que l'orgueil et les vices qui l'en
ont fait descendre..... Intrigant dans la paix,

inhabile à la guerre, jaloux à l'excès d'un triomphe
littéraire et non moins avide de richesses que
passionné pour la représentation, ennemi de ses
véritables amis et esclave de ses courtisans, om-
brageux et défiant, superstitieux et vindicatif,
toujours double dans sa politique et faux jusque
dans les effusions de son cœur..... »

112. — NAPOLÉON OU LE CONSEIL DE L'OLYMPE,
ode, sans signature. — De l'imprimerie de
madame veuve Jeunehomme, 8 p. in-8°, 1815,
dix-huit strophes.

« ....

(14) Le héros l'entendit : la voix de la Patrie
L'enflamme, et sur ses pas la Liberté chérie
Avec lui se confie à la fureur des mers.
Et tel que le géant rival du Dieu de l'onde,
          Ce héros cher au monde
A le pied dans l'abîme et le front dans les airs.

(17) Reprenez vos concerts, nymphes des sept collines,
Rome antique s'élève et sort de ses ruines,
L'âge d'or reparaît pour la reine des Arts ;
La discorde rugit dans son antre enchaînée,
          Et l'Europe étonnée
Présente à l'Univers l'héritier des Césars. »

113. — DU GOUVERNEMENT DE LOUIS XVIII, ou
les causes de la journée du 20 mars 1815, par
M. JACQUES JUGE, avocat. — Troisième édition,

dans laquelle on a reproduit tout ce qui avait été supprimé par la censure. — Imprimerie de Charles, rue Thionville, 3 avril 1815, 32 p. in-8°.

« Le mécontentement général était à son comble : la France gémissait sous le pouvoir absolu du monarque que ses ennemis lui avaient imposé. Napoléon paraît, et nous sommes libres!.....

« ... Les diamants mêmes et les pierres précieuses de la couronne, qui étaient une propriété sacrée de la nation, n'ont pu échapper à la rapacité de Louis XVIII. Et il s'est éloigné de nos plages comme un corsaire, après avoir fait son butin de nos dépouilles ! (P. 3o.)

« ... Bercés par les promesses fallacieuses de ce roi sycophante, vous vous êtes livrés à un espoir consolant. » (P. 3i.)

114. — RÉFLEXIONS IMPARTIALES SUR LE GOUVERNEMENT DE LOUIS XVIII, et sur les fautes qui en ont entraîné la décadence, par M. LENORMAND, avocat à la cour impériale de Paris. — Chez Martinet, 1815, 36 p. in-8°.

« ..... Le décret impérial qui accorde la liberté de la presse a mérité les applaudissements de tous ceux qui savent penser et écrire... Ce décret garantit des atteintes de l'injustice et de la tyrannie... Si la presse eût été libre quelques années plus tôt, les sauvages du Nord n'auraient peut-être

6

pas envahi la France... Napoléon aurait entendu la voix de l'opinion publique..... (P. 34.)

« ..... Gardons-nous d'un gouvernement militaire où les baïonnettes sont la loi suprême et où le soldat se croit tout permis... » (P. 36.)

115. — De Napoléon, publié par M. de Senancourt, seconde édition avec des changements. — Chez Laurent-Beaupré, libraire, 1815, 16 p. in-8°.

« ..... Malgré des écarts, des violences et des fautes, Napoléon est le prince du siècle. (P. 1.) ..... Mon premier désir est qu'on se réunisse auprès du chef que la nature des choses nous présente comme le seul homme qui, au point où l'on est parvenu, puisse à la fois calmer et soutenir l'État... » (P. 14.)

116. — De l'empereur Napoléon et du comte de Lille, ou réfutation de l'écrit de M. Chateaubriant, ayant pour titre, *de Bonaparte et des Bourbons,* par E.-T. Bourg, ex-commissaire des guerres. — Chez Delaunay, au Palais-Royal, 7 avril 1815, 65 p. in-8°.

> *Épigraphe :* Come un sol astro ha il giorno,
> Come un sol giove ha il polo,
> L'eroe del mondo solo
> Napoleon sara.
> (Biagio Fiuccioli.)

« ..... Je vais examiner le pamphlet de M. Chateaubriant avec autant de probité qu'il en a mis
peu à nous peindre un règne que rien ne peut
effacer de notre souvenir et que la postérité saura
mieux juger que lui..... (P. 1.)

« ..... Napoléon est le chef qui nous convient;
les alliés n'ont pas le droit de nous le ravir.
(P. 64.) Qu'ils se rappellent nos victoires et qu'ils
redoutent nos armées, si jamais ils se laissent en-
traîner à dépasser leurs limites...

« Vive l'Empereur ! »

117. — DE NAPOLÉON ET DES BOURBONS, ou de
la nécessité de nous rallier à notre *empereur*
magnanime, pour le bonheur de la France
entière[1], par VICTOR VERGER, membre de
l'Université impériale, licencié ès-lettres de
l'Académie de Caen. — Chez Mme Goullet,
libraire, Palais-Royal, mars 1815, 28 p. in-8°.

« Mon dessein n'est point ici de me mesurer
avec un des plus grands écrivains du siècle, ni
d'accabler d'injures et d'invectiver ceux qui ne
règnent plus. » (P. 1.)

« ..... L'illustre dynastie qui commence maintenant en France et dont le fondateur a rempli
l'univers de la gloire de son nom maintiendra
parmi nous le bonheur et la paix..... » (P. 28.)

1. Voir le titre du n° 37.

118. — Lettre d'un Français a l'Empereur, sur la situation de la France et de l'Europe et sur la constitution [qu'on nous prépare. Sans nom d'auteur. — Chez Delaunay, Palais-Royal, avril 1815, 32 p. in-8°.

Épigraphe : Vitam impendere vero.

« ... Toutes ces convulsions politiques ont produit en nous une juste défiance de l'avenir... L'instabilité de nos institutions a jeté du vague dans nos cœurs, de l'irrésolution dans nos idées... Les cœurs s'isolent, les sentiments généreux se flétrissent... La soif de l'or a corrompu toutes les âmes... » (P. 7)

« ..... Un empire qui porte en lui-même tous ces éléments de destruction, pourrait se soutenir quelque temps encore par la gloire des armes; mais cet éclat passager ne serait qu'une brillante agonie..... (P. 10.) La nation tout entière a besoin d'être retrempée; tout est à réparer jusqu'à la morale... » (P. 11.)

« L'équilibre de l'Europe est rompu. Un empire caché dans les régions du pôle, s'est avancé vers le centre de la terre..... Il assiste aux conseils des nations et pèse d'un poids immense dans la balance politique... (P. 13.) La Prusse et l'Autriche devraient renoncer à se disputer des provinces et loin de tendre à se dévorer l'une l'autre, elles auraient besoin plus que jamais de réunir leurs intérêts et leurs forces..... L'Autriche n'a plus qu'à s'appuyer sur la France..... » (P. 14.)

« ..... Le gouvernement militaire est de sa nature oppresseur et tyrannique. En poussant toutes les ambitions dans une seule carrière. il enchaîne l'industrie, force les inclinations, arrête l'essor du génie et de la pensée, nuit aux progrès de la civilisation, etc.... En rendant les enfants étrangers à leurs familles, il détruit les affections les plus douces, les liens les plus sacrés [1]... » (P. 19.)

1. Comparer cette lettre au mémoire de Carnot à Louis XVIII, n° 102.

VI

119. — Quatre discours, par Dubroca. — Chez Delaunay, au Palais-Royal, 80 p. in-8°, 1815. Imprimerie de Rougeron.

— *Un vieux républicain à Napoléon, sur la puissance de l'opinion publique dans le gouvernement des États.*

— *Un vieux républicain aux Français, sur les progrès effrayants du fanatisme religieux sous le régime des Bourbons, et sur les moyens de l'extirper radicalement en France.*

— *Un vieux républicain aux royalistes, sur les vaines et cruelles espérances dont ils se bercent, et aux amis de la Patrie, sur les motifs qu'ils ont de se rassurer contre les alarmes dont on les entoure.*

— *Un vieux républicain aux Français, qui sentent les noms de Patrie et de Liberté, sur l'honneur national à venger et l'indépendance politique à conserver.*

« Napoléon, ton règne va recommencer. Grâces

soient rendues aux immuables décrets de là Providence, si tu viens nous apporter franchement la liberté ! » (1ᵉʳ discours.)

« ... Rompre entièrement, par un acte national avec la chaire pontificale de Rome.... paternité fatale d'où découlent tant de corruption et tant de crimes..... détermination qui réduirait enfin nos prêtres à n'être que *Français*, au lieu d'être les dangereux agents d'une puissance étrangère, essentiellement ennemie..... »(2ᵉ discours.)

« ..... Quelques Français s'imaginent que les Bourbons nous furent donnés pour notre bonheur et pour guérir les plaies de la nation. Leur rappel fut le résultat du calcul le plus perfide, le plus profond qui fut jamais.....» (3ᵉ discours.)

« ... Entendez-les s'écrier d'une voix hypocrite que ce n'est point à la nation française qu'elles prétendent faire la guerre, qu'elles n'en veulent qu'à un seul homme dont le génie les tourmente... Eh ! qu'avons-nous besoin de tout ce vain étalage de sentiments faux, de ces distinctions d'une politique perfide, principe de la plus odieuse anarchie qui fut jamais, et qui suppose dans ceux qui en furent l'objet une crédulité honteuse ? Ce qu'il nous suffit de savoir, c'est que des peuples s'avancent en armes contre nous; qu'il est impossible qu'on rassemble de toutes parts des armées pour ne combattre qu'un seul individu ; qu'un horrible projet contre notre liberté existe sous cette montre de. dispositions hypocrites, et que la patrie nous appelle tous sur les champs d'honneur pour repousser et venger une aussi outrageante agression. » (4ᵉ discours.)

«..... On appela les Bourbons..... On connaissait
la faiblesse et l'incapacité de cette famille, et on
jugea qu'il ne serait pas difficile de la tenir dans
une dépendance favorable aux projets formés
contre notre existence politique. » (4ᵉ discours.)

120. — L'ERRATA DES JOURNAUX, du 1ᵉʳ au
5 mai 1815, par M. A..., citoyen du canton
de Berne. — Paris, 1815, librairies de Plancher et Dézoide, 16 p. in-8º.

> *Épigraphe :* « Certains journalistes ressemblent à
> ces chiens qui, étant élevés à aboyer
> contre les passants, finissent par
> aboyer même contre leur maître. »
>
> (HUME.)

« ..... Il n'y a pas longtemps qu'un ministre a
dit à la Chambre des députés que les journalistes
étaient *à ceux qui leur donnaient le plus d'argent.*
Les journalistes eux-mêmes ont avoué leur tur-
pitude.....

« Ces messieurs sont, de leur propre aveu, de
simples colporteurs de nouvelles vraies ou fausses,
des *aboyeurs à salaire compétent...* » (P. 3.)

« Il n'est personne à Paris qui n'ait comparé
nos feuilles publiques du 30 mars 1814 et du
lendemain, du 20 mars 1815 et du lendemain, et
qui n'ait applaudi à la dextérité avec laquelle nos
gazetiers retournaient leurs livrées. » (P. 5.)

« Le *Journal des Débats*, l'éternel ennemi des
philosophes du dix-huitième siècle, et surtout de

Voltaire, devenu *Journal de l'Empire*, redevenu *Journal des Débats* et affublé de nouveau de son premier nom, se traîne encore sur ses ruines.....

« Le *Nain Jaune* a depuis le 20 mars gagné en niaiserie ce qu'il a perdu en malice; il s'amuse actuellement à battre des gens déjà battus, ce qui n'est ni généreux ni loyal... Il se traîne dans les cafés et trouve à peine des lecteurs.

« Le 1er mai a vu éclore trois nouveaux journaux : l'*Aristarque* dont on ne dit ni bien ni mal et c'est le plus triste éloge qu'on puisse faire d'une gazette; l'*Indépendant* dont on ne vante pas l'*indépendance*, et le *Patriote de 89* qui, dit-on, rapporte très-exactement le cours de la Bourse,.... » (P. 9.)

121. — Lettre de Sa Majesté Napoléon, empereur des Français, sur l'acte additionnel aux constitutions de l'empire, du 22 avril 1815, par M. Rouyer. — 9 avril 1815, 4 p. in-8°.

> *Épigraphe :* « Il y a deux sortes de despotisme : un réel, qui consiste dans la violence du gouvernement, et un d'opinion, qui se fait sentir lorsque ceux qui gouvernent établissent des choses qui s'éloignent de la manière de penser d'une nation. » (Montesquieu, *Esprit des lois*, liv. XIX, ch. III.)

122. — Adresse a l'empereur, par M. Joseph

Rey, de Grenoble, président du tribunal civil
de Rumilly. Troisième édition. — Paris, imp.
de Charles, rue Thionville, 4 avril 1815,
16 p. in-8°.

« Napoléon! tu règnes de nouveau... Tu con-
fonds les siècles, tu subjugues les sens et la raison
tout à la fois; il semble qu'on ne puisse plus que
se taire et t'admirer!... qu'on ne dise pas de toi
ce que tes soldats ont dit des Bourbons: « *Ils
n'ont rien oublié ni rien appris.* »

« ..... Je t'en conjure, ô Napoléon! ne sois pas
un tyran! Crois-tu que ton fils pût jamais se soutenir sur les marches d'un trône dont l'appui ne
serait que le sang de tes concitoyens?....

« ..... Reviens aux principes impérissables de
la justice et de la raison. Il n'existe plus d'autre
art de régner pour les souverains que celui de
régner avec loyauté et pour l'unique bonheur des
peuples. » (P. 15.)

123. — Un citoyen du département du Nord,
au citoyen Joseph Rey (de Grenoble). Sans
signature. — Chez Delaunay, libraire, au
Palais-Royal, 10 avril 1815, 8 p. in-8°.

« ... O Empereur! arrête, tu vas tomber dans
un trou sans fond. Tout ira au diable si tu recom-
mences tes bamboches..... » (P. 5.)

124. — Le Réveil de Napoléon, ou les destins de la France accomplis, par M. P., auteur de : *A bas la Cabale*. — Delaunay, libraire au Palais-Royal, avril 1815, 24 p. in-8°.

« ..... Je serai à Paris dans dix-huit jours ; aucun obstacle ne retardera ma marche..... le peuple français recouvrera sa liberté ; il jouira d'une représentation vraiment nationale ; il aura la liberté de la presse, la responsabilité des ministres... mes promesses ne seront point illusoires... Je le jure à la face du ciel et de la terre, je renonce aux conquêtes : le temps des erreurs est passé. » (P. 15).

125. — Lettre d'un bon Français aux écrivains patriotes, sur la liberté, les droits de la nation et de l'armée, par A. Bretenet, membre de la Légion d'honneur. — Imprimerie de Renaudière, 11 avril 1815, 7 p. in-8°.

« Plutarque a dit : Un peuple qui n'a d'autre liberté que celle qu'on lui donne n'est pas un peuple libre. » (P. 5.)

126. — Réflexions relatives à un acte de notre législation politique. Sans signature. — Chez les marchands de nouveautés, avril 1815, 10 p. in 8°.

« Proposition de faire salarier par l'État le

ministres du culte israélite comme les prêtres de
toutes les communions... parce qu'il serait atten-
tatoire aux droits publics et à ceux de la justice
naturelle qu'une classe de citoyens supportât plus
de charges pour recueillir moins de bienfaits... »

127. — DE LA LIBERTÉ DE LA PRESSE, et des libraires de Londres. — Sans signature et sans
nom d'imprimeur, 8 p. in-8°.

« On vend, à Londres, des caractères d'imprimerie chez les *clincailliers*, comme on vend dans
un autre pays des clous et des épingles chez les
épiciers.....

« La liberté de la presse nuit au public en favo-
risant le charlatanisme ; mais le remède est toujours à côté du mal, et si la presse fait quelquefois résonner les trompettes de l'imposture, elle
fournit aussi très-souvent des armes pour la combattre. »

128. — LA RESTAURATION DE LA LIBERTÉ, profes-
sion de foi d'un républicain sur le retour de
Napoléon, par BIGONNET, ex-représentant du
peuple, ex-député du conseil des Cinq-Cents.
— Chez Babeuf, libraire, 1815, 15 p. in-8°.

« C'est d'aujourd'hui que l'on peut dire que la
révolution sort majestueuse et forte de ce conflit
trop longtemps prolongé. La police..... les moyens
coercitifs..... vont se trouver remplacés par la

confiance qui doit s'établir, naturellement et sans réserve, entre le peuple et le souverain. » (P. 9.)

~~~~~~~~~~~~

129. — L'Élan de l'ame et du cœur (sept impromptus en vers libres), à Napoléon Ier, à la liberté et aux braves de tous les rangs, par un jeune prisonnier de guerre rentré. — Chez les marchands de nouveautés, 1815, 16 p. in-8°.

« Ta gloire, tu le sais, est fixe, est éternelle,
En rendant aux Français leur antique fierté ;
Et pour régner longtemps sur la France *fidelle*,
Assure-nous la liberté ! »

« Louis, tu ne pus triompher,
Ta cause était débile.
Tu dis : «On paraissait m'aimer. »
Ce n'était pas facile...
Le lys quêta quelques regards ;
Il faut qu'il se soumette.
Nous soupirions tous après Mars
Pour voir LA VIOLETTE.

Anglais ! Anglais ! soyez plus doux.
Que tout peuple sage
Garde son rivage,
Ou les Français se lèvent tous.
Napoléon est avec nous. »

~~~~~~~~~~~~

130. — Questions a l'ordre du jour, suivies de pensées, maximes et réflexions soumises à

l'examen et à la censure des publicistes les plus recommandables de l'Empire, par M. ROUYER, ancien jurisconsulte. Avec un projet de constitution. — 8 p. in-8°, 15 avril 1815.

> *Épigraphe :* « La liberté est le *premier* bonheur, la *seule* gloire de l'ordre social. »
>
> (Mme DE STAEL.)

~~~~~~~~~~

131. — LE ROYALISTE CONVERTI, vaudeville en un acte, chanté au Café du Théâtre Montansier, le 12 avril 1815, par PRADEL, vieux soldat. — Imprimerie de Renaudière, 8 p. in-8°.

LE ROYALISTE.

Vous croyez que Louis XVIII ne vaut pas votre Empereur?

LE PATRIOTE.

> L'un élevait nos monuments,
> L'autre en rabaissait la mémoire;
> L'un emporte nos diamants,
> L'autre nous rapporte sa gloire!

LE ROYALISTE.

Mes préjugés cèdent à votre éloquence. J'étais dans l'erreur.

> Oui, je renonce au parti de Bourbon,
> Ce roi n'est pas connu de la victoire,
> Et me rangeant du côté de la gloire,
> Je suis déjà tout à Napoléon.

~~~~~~~~~~

132. — Examen impartial de la brochure intitulée : *Réflexions sur l'intérêt général de l'Europe, suivies de quelques considérations sur la noblesse, de M. de Bonald,* par M. Rouyer, ancien jurisconsulte. — 22 mars 1815, 24 p. in-8°. Avec notes.

Première hérésie. « Il a fallu que les peuples de l'aquilon et de l'aurore réunissent leurs forces pour rendre à la France son pouvoir légitime. » — *Réponse:* « Les lois, l'expérience et la vérité nous attestent de concert qu'il n'y a de pouvoir légitime que celui qui est fondé sur un gouvernement national et représentatif, c'est-à-dire sur la souveraineté et la volonté d'un peuple libre. L'hommage trop tardif, mais éclatant et solennel, que l'empereur Napoléon et les conseillers d'État viennent de rendre enfin à cet axiome, qui est aussi ancien que le monde, prouve évidemment que M. de Bonald, malgré l'étendue de ses connaissances, est tout à fait dépourvu de celles qui sont nécessaires lorsqu'on veut écrire sur la politique. »

133. — Un petit mot sur les causes d'un grand événement, suivi de la relation historique des *plaintes* et des *vœux* du peuple français, et terminé par le prospectus d'une adresse aux habitants de l'Ancien et du Nouveau-Monde, par M. Rouyer, ancien jurisconsulte. — 22 mars 1815, 20 p. in-8°.

« ..... Napoléon, instruit par ses fautes et nos malheurs, a solennellement promis de faire désormais le bonheur de la France et de mettre le comble à ses vœux..... » (P. 11.)

« ..... Statuer que tout procès civil et criminel sera jugé dans l'année.....

« ..... Tolérer tous les cultes et ne point en salarier les ministres.....

« ..... Ordonner la clôture des maisons de jeu.....

« ..... N'admettre d'autre noblesse que celle des vertus et des talents.....

« ..... Ordonner que l'empereur Napoléon fera un nouveau serment ainsi conçu : « Je jure de garder et faire garder la présente constitution et les lois de l'empire : Si j'agis d'une manière contraire à ce que j'ai juré, soit en tout, soit en partie, je ne dois pas être obéi. » (P. 18.

134. — LE CRI ROYALISTE : TOUT EST PERDU ! TOUT EST PERDU ! par P.-M. T. — Paris, chez les marchands de nouveautés, 1815, 9 p. in-8°.

« ..... Lorsque je puis adorer la divinité suivant les rites et les principes de la religion dans laquelle je suis né; lorsque je puis émettre ma pensée, écrire, agir comme je veux, sous la condition de respecter l'ordre établi; lorsque je vois que les droits de tous sont reconnus et protégés par le souverain, je souhaite qu'il soit très-fort, et je serais fâché d'être plus libre..... »

135. — Considérations sur les émigrés, par
M. A. Guiraud la Malvière. — Paris, imprimerie de Gratiot, avril 1815, 31 p. in-8°.

« Il nous a dit : Je veux régner par vous et
pour vous; s'il tient ses promesses, nous dirons
à nos enfants de le bénir et de le défendre. »
(P. 31.)

136. — Conspiration de la noblesse féodale
contre la liberté des Français, par Mautenat.
— Imprimerie d'Egron, 8 p. in-8°.

« O Napoléon ! enfant chéri de la nation et de
la gloire... Tu peux former ton trône des cœurs de
tous les Français... Respecte le droit des nations !
Sois l'ami de la liberté du monde ! Avec cette
grandeur sublime, quels peuples pourront être tes
ennemis ? Quels tyrans auras-tu à vaincre ? Ah !
leurs armées seront leurs propres renversa-
teurs *(sic)*. » (P. 7.)

137. — Récit des événements qui se sont passés
depuis l'entrée des ennemis en France,
jusqu'au 20 mars 1815, époque du retour de
l'Empereur à Paris. En vers. Par M. C. Lebois,
avocat. — De l'imprimerie de Valade, 16 p.
in-8°.

« Aux transports de la troupe, à sa commune ivresse,
Se mêlait des cités l'unanime allégresse.

7

Ton nom partout béni s'élevait dans les airs,
Et l'écho le portait jusqu'au fond des déserts :
C'est ainsi qu'en vingt jours, sans brûler une amorce,
Tu reprends tes États, ta puissance et ta force.
Ce prodige étonnant, qui l'aurait jamais cru ?
Qui peut le concevoir, même après l'avoir vu ? »

138. — L'Empire est dans l'Empereur, par l'auteur de l'*Homme du siècle et de la patrie* [1]. — Chez Barba, Delaunay, au Palais-Royal, et Martinet, rue du Coq-Saint-Honoré, 15 avril 1815, 16 p. in-8°.

« Si nous jetons les yeux sur l'Europe, qu'y voyons-nous ? La Suède neutre ; l'Autriche incertaine ; la Saxe, la Pologne, les princes médiatisés, l'Italie, la Belgique n'attendant qu'un premier signal pour secouer un joug insupportable et pour se joindre à nous. Quelle raison puissante d'accroître notre dévouement à la patrie, que de nous voir secourus dans sa défense et de pouvoir espérer le triomphe ! »

139. — Lettre d'un ami de la liberté à Son Excellence Mgr. le comte Carnot, ministre de l'intérieur, sur la Constitution. Signée Edouard Landié, ancien officier. — Date :

1. Voir cette pièce n° 146.

28 avril 1715. Imprimerie Dondey-Dupré,
3 p. in-8º.

~~~~~~~~~~~~~~

140. — CADET BUTEUX LÉGISLATEUR, ou la Constitution en vaudevilles. — Mai 1815. — Imprimerie de Brasseur, 15 p. in-8º, 26 couplets.

AIR : *Quand Vénus sortit de l'onde.*

(5) « J' dirai dans mon protocole
Qu'instruit à la bonne école,
La paix seul' me suffira :
    On en croira
    C' qu'on voudra.
J' dirai que l' bonheur d'la France
Est tout c' qui m'occupera.
L' public qu'aime la jactance,
S' prend à ces bell's parol's-là. »

AIR : *A la façon de Barbari.*

(8) « Pour prouver qu' mon autorité
Est toute populaire,
J' décrèt' d'abord la liberté,
Ça n' peut pas manquer d'½plaire.
On n' s' ruin' point en f'sant un tel don,
La faridondaine, la faridondon ;
    Et l' peuple en a joui
    Jusqu'ici, Biribi,
A la façon de Barbari, mon ami. »

AIR : *Une fille est un oiseau.*

(26) « Je dis qu'un' charte est l'image
D'un' bell' fill' qui reste sage
Tant qu'ell' n' se laiss' pas violer. ♦

~~~~~~~~~~~~~~

141. — Un mot sur la Constitution, signé A. F. D. — Imprimerie de Testu, 8 p. in-8°.

142. — Protestation faite à la municipalité du Xᵉ arrondissement de Paris, par C.-M. Rouyer, ancien avocat au parlement, contre l'acte additionnel aux constitutions de l'Empire, suivie de la réfutation de quelques passages extraits du *Moniteur* et du *Journal de Paris*. — Sans nom d'imprimeur, 30 avril 1815, 7 p. in-8°.

143. — L'opinion de l'armée, par M. A. Frankoual, officier d'infanterie. — Imprimerie de Lenormant, mai 1815, 16 p. in-8°.

« Eh bien, sexe adoré, vous rendrez justice à ces jeunes enfants de Mars que la victoire a conduits en Italie, en Allemagne, en Pologne, en Russie. Et nous aussi nous faisons serment d'aimer, d'adorer, de protéger toujours la plus belle comme la plus aimable moitié de l'espèce humaine... »

144. — Réflexions et observations sur les additions aux constitutions de la France, sous la foi de la loi qui constate la liberté de la presse,

par E***— Imprimerie de Charles, rue Thionville, 24 avril 1815, 24 p. in-8°.

~~~~~~~~~~~~~~~

145. — BOUQUET DU MOIS DE MAI, ou chants d'un
Languedocien, par M. PROSPER DONNADIEU
(de Cette), ex-secrétaire 'particulier de l'état-
major général de l'armée de Catalogne. —
Imprimerie de veuve Jeunehomme, 1815, 8 p.
in-8°.

« Trois chants :

I. — LA PATRIE RECONNAISSANTE.

(La musique a été faite par H. Berton.)

« ... Rien ne résiste à ce vainqueur,
La paix combla notre espérance...
... Nous lui devons l'indépendance. »

II. — LA LANGUEDOCIENNE.

« Ton buste, au temple de Mémoire
Par nous sera ceint de lauriers ;
Guidés par la reconnaissance,
Nous graverons sur le pourtour :
Deux fois il délivra la France,
Doublons nos vœux et notre amour. »

III. — LE DÉPART DE NAPOLÉON.

« AIR : *Tout le long le long de la rivière.*

Aux sons du fifre et du tambour,
Napoléon quitte sa cour.
A la gloire toujours fidèle
Il vole où notre honneur l'appelle !

... A l'aspect de notre aigle guerrière,
Ces vils ennemis vont mordre la poussière
Tout le long le long de la frontière. »

146. — L'Homme du siècle et de la patrie. Sans
nom d'auteur. — Imprimerie de Hocquet,
20 p. in-8°.

> *Épigraphe :* ... Desideriis icta fidelibus
>   Querit patria Cæsarum.
>   (Horace, V, iv.)

«... On parlait de ses vengeances, quel sang
a coulé ? On parlait de son despotisme, et il nous
a donné la liberté de la presse ; on parlait de
nouvelles guerres, mais le temple ensanglanté de
Janus est pour jamais fermé. Vous refusez-vous à
l'évidence ?... J'en atteste notre amour qu'il serait
affreux de tromper. » (P. 19 et 20.)

147. — Réponse a un libelle (*de Bonaparte et
des Bourbons,* par M. de Châteaubriant)*, par
l'auteur de l'*Homme du siècle et de la patrie,*
et *l'Empire est dans l'Empereur* [1]. Sans
nom d'auteur. — Imprimerie de Hocquet,
16 avril 1815, 35 p. in-8°.

«... Nous croyons avoir sappé (*sic*) dans ses
fondements un écrit devenu fameux par l'audace
du scandale. » (P. 35.)

1. Voir nᵒˢ 138 et 146.

148. — Explications en réponse à quelques
observations faites sur l'article additionnel
aux constitutions, par Th. P..., membre du
collége électoral du département de la Marne.
— Imprimerie de Fain, 1815, 8 p. in-8º.

«... La liberté individuelle est protégée par
le jury; la liberté de la presse soumet au tribunal
de la censure toutes les personnes et toutes les
actions... J'en appelle aux esprits raisonnables...
si tout cela ne compose pas un gouvernement
fort... une société libre, indépendante... » (P. 8.)

149. — Epitre a Son Excellence M. le comte
Carnot, ministre de l'intérieur, à l'occasion
de la mort de Mlle Raucourt, par M. Gondeville de Mont-Riché, sous-chef au ministère
de la guerre. — Chez Martinet, avril 1815,
15 p. in-8º, 250 vers.

« ..... Tout un peuple indigné, prêt aux derniers excès,
Ramène vers Saint-Roch ta marche triomphale :
Quelle scène à la fois de gloire et de scandale!
Les degrés sont franchis; ton cercueil soulevé,
Passe de bras en bras, par la foule enlevé;
Tes amis de leurs rangs t'offrent la triple escorte.
Du temple inaccessible on a brisé la porte;
Sous la nef, dans le chœur, jusqu'au pied de l'autel,
S'avance avec effort ton convoi solennel.....
. . . .
Et les vains préjugés, nés de l'orgueil de Rome,
Tombent anéantis sous la raison de l'homme. »

150. — Opinion d'un Français sur l'acte additionnel aux constitutions, signé Beuchot. — Imprimerie de Mame, 1815, 15 p. in-8°.

« Ce n'était pas là ce que m'avaient annoncé les
proclamations de l'empereur, et cette reconnaissance fastueuse de la souveraineté du peuple...

« Post Scriptum : Je reçois aujourd'hui, 5 mai,
un billet conçu en ces termes :

« Garde nationale sédentaire de Paris, xie légion,
1er bataillon, 1re compagnie. — Ordre de service.
M. Beuchot, etc., est invité à se rendre de suite à
la mairie, pour inscrire son vote sur la Constitution. — Ordre du jour du 2 mai 1815. *Signé :* le
comte Durosnel. Ce 3 mai 1815, signé : Gillot,
père, sergent-major par intérim.

« Par obéissance, et afin qu'on ne prenne pas
mon silence pour approbation, je suis allé signer
NON. »

151. — Réflexions sur les articles de M. J.-
Ch. L. de Sismondi, insérés dans le *Moniteur*
des 29 avril et 2 mai 1815, par C.-M. Rouyer,
ancien jurisconsulte. — 5 mai 1815, 8 p.
in-8°.

> *Épigraphe :* « Le prétexte du *bien public* n'a été
> que trop souvent le *premier* signal
> et la *véritable* cause de l'asservisse-
> ment, de l'opprobre et du malheur
> des nations. »   (Mably.)

152. — L'Effusion du sang humain arrêtée en un instant dans toute l'Europe, par Walther Finsteraarbrugh. — Imprimerie de Charles, rue Thionville, 3 mai 1815, 16 p. in-8°.

« M. Walther Finsteraarbrugh, citoyen de la petite république de Gersau, en Suisse, semi-bourgeois, semi-paysan et fabricant de filoselle, étant venu à Paris pour ses affaires, a laissé dans le tiroir de la table de sa chambre garnie ce projet de constitution européenne sur cette base: Réunion de toute la chrétienté, en un seul corps, devenue infiniment plus praticable qu'autrefois, depuis l'invention de l'imprimerie, l'établissement des postes et des télégraphes ; la langue latine, au surplus, pouvant être la langue légale. » (P. 10.)

153. — Un dictateur momentané est nécessaire. Adresse à Sa Majesté l'Empereur sur l'acte additionnel aux constitutions de l'Empire proposé à l'acceptation individuelle des Français. Signé Ackilwers. — Librairie Delaunay, au Palais-Royal, 25 avril 1815, 8 p. in-8°.

« Sire, soyez la seule autorité en France, tant qu'il restera un ennemi à combattre ; mais le jour où vous nous donnerez la paix, déposant cette autorité suprême, rapportez-vous-en à la

reconnaissance et à l'amour des Français ; vous-
même serez obligé d'y mettre des bornes. » (P. 8.)

~~~~~~~~~~

154. — Les Puissances alliées et leurs moyens,
la France et les siens, par Edouard Martin,
major à la suite du 12ᵉ régiment d'infanterie
légère, officier de la Légion d'honneur. — Imprimerie de Fain, 24 avril 1815, 15 p. in-8°.

~~~~~~~~~~

155. — Dialogue entre un publiciste et un
chouan, à l'occasion du projet de constitution,
publié par M. de Barau. — Chez Maugeret,
libraire, avril 1815, 24 p. in-8°.

~~~~~~~~~~

156. — Des rois et de la nécessité de conserver
Napoléon sur le trône de France, par Redarès.
— Chez Delaunay, au Palais-Royal, 1815,
36 p. in-8°.

« ..... Le premier qui s'empara du pouvoir souverain, et mit ses égaux sous un joug tyrannique,
fut un usurpateur qui viola les droits les plus
sacrés de la nature... » (P. 7.)

~~~~~~~~~~

157. — Opinion d'un électeur sur les instructions à donner aux députés, par M. Thilorier,

avocat au Conseil d'Etat et membre du collége
électoral du département de Loir-et-Cher. —
Imprimerie de Chaigneau, 1815, 16 p. in-8°.

« Napoléon est Roi des Français (le titre de Roi
convient au chef d'une nation paisible ; le titre
d'Empereur ne convient qu'à un général d'armée).
— Projet d'un cahier d'instructions pour les
députés : Représentation nationale. — Chambre
des Pairs. — Responsabilité des ministres. — Droit
de faire grâce. — Délits privés des ministres et
des administrateurs. — Liberté des délibérations.
— Obligation personnelle du Roi. — Distinctions
et décorations. — Inamovibilité des juges. —
Expropriation pour cause d'utilité publique. —
Contentieux des communes. — Rédaction des
lois. »

158. — AU PEUPLE FRANÇAIS, sur l'acte supplémentaire aux constitutions de l'Empire. Sans nom
d'auteur. — Imprimerie de Setier, 26 avril
1815, 32 p. in-8°.

« Les peuples existaient avant les rois ; de là la
conséquence naturelle de la souveraineté des
peuples.

« Les premières nations qui se donnèrent un
chef eurent le droit de dicter les conditions aux-
quelles elles consentaient à se départir d'une portion des prérogatives qu'elles tenaient de la
nature.

« Ce droit est imprescriptible. En vain un

despote, secondé par des bayonnettes vénales, aurait pu s'arroger la puissance constitutive, les lois dictées par la force n'ont d'empire que sur la faiblesse ; les peuples peuvent être subjugués, mais ils ne sont jamais vaincus, et tôt ou tard leur cause triomphe.» (P. 5.)

159. — Dangers de l'Etat et moyens de salut, par un membre du collége électoral de département. — Imprimerie de Hocquet, 20 avril 1815, 26 p. in-8°.

160. — Quelques observations sur les constitutions de l'Empire, par Milliet de Saint-Adolphe, ancien inspecteur des convois d'artillerie. — Imprimerie de Hocquet, 20 avril 1815, 16 p. in-8°.

161. — A l'Empereur, a l'armée, aux amis de la patrie et de la gloire, par M. Gondeville de Mont-Riché, sous-chef au ministère de la guerre, lieutenant de la garde nationale de Paris. — Mars 1815, 16 p. in-8°, 280 vers.

« Il reparaît enfin l'Aigle de la Victoire!
Un sommeil politique avait fermé ses yeux :

Il s'éveille, et l'essor d'un vol audacieux
Annonce à l'Univers le réveil de sa Gloire.»

« O ma Patrie, enfin tu revois ton vengeur !
Il te rendra le fruit de vingt ans de victoire :
Son nom seul te promet les faveurs de la gloire,
Son serment du repos te promet la douceur. »

162. — Sentiments de la garde impériale avant
de marcher au combat, par Paul. — 7 p.
in-8°.

« Celui qui, pour éviter la guerre civile qui me-
naçait la France, sut abdiquer un Empire qu'il pouvait disputer encore longtemps ; celui qui, rappelé
par tout un peuple, vient reconquérir cet Empire
sans répandre une goutte de sang ; celui en qui
toute la nation a placé sa confiance, est l'homme
choisi par elle pour la gouverner... Armons-nous
donc et soyons toujours fidèles à notre chère
devise : Honneur et Patrie !!! »

163. — L'ami du peuple des villes et des campa-
pagnes, par le Père Nicolas. Premier entretien.
En tête un frontispice représentant un homme
du peuple portant le globe, avec cette devise :
« Le courage des peuples soutient le monde.» —
Imp. de Renaudière, 8 p. in-8°, 9 mai 1815.

« Ah! qu'il est content aujourd'hui, le *Père*

Nicolas ! la liberté de la presse lui permet de s'entretenir avec le peuple; et l'Empereur veut que l'on s'occupe, sans délai, de l'instruction de tous les Français !

« ..... Depuis l'étonnante et douce révolution qui vient de s'opérer, que d'écrits de toute nature ! pas un seul, Citoyen de la classe non aisée, je le dis avec regret, pas un seul n'est convenable à ton langage, à ton éducation, à tes habitudes !..... Comment t'éclaireras-tu ? Que deviendras-tu donc ? Quoi ! Celui qu'un travail prématuré et honorable doit distraire naturellement d'une éducation étendue (le Peuple) en serait en quelque sorte puni ! Non, non, il faut l'instruire, il faut parier à son intelligence, mais pour cela il faut s'entretenir amicalement avec lui.....

« ..... Nous parlerons dans nos entretiens de notre Grand-Ami, nous le remercierons des bienfaits qu'il répandra sur nous, nous n'appesantirons pas par des murmures non fondés, la charge qu'il s'est imposée de sauver l'Empire et de nous rendre au bonheur.... » (Pages 2 et 4.)

VII

164. — CONSPIRATION DE BUONAPARTE contre Louis XVIII, roi de France et de Navarre, ou relation succincte de ce qui s'est passé depuis la capitulation de Paris, du 30 mars 1814 jusqu'au 22 juin 1815, époque de la seconde abdication de Buonaparte, par M. LAMARTE-LIÈRE. Quatrième édition, suivie de notes nombreuses. — J.-G. Dentu, imprimeur, 118 p. in-8°, 1815.

« Quelle fut la conduite de l'usurpateur? Celle d'un tigre qui n'a pu dévorer sa proie. Il revient seul, la rage dans le cœur; mais aucune plainte ne sort de sa bouche, aucune larme n'échappe de ses yeux. Il revient, non pour pleurer les braves qu'il a immolés à son ambition et à son ineptie, mais pour dissoudre les deux chambres, recruter de nouvelles victimes, et ressaisir une dictature qu'il avait déposée...... Contraint de céder à la nécessité, il abdique, pour la seconde fois, un

pouvoir dont il n'avait usé que trop longtemps
pour le malheur de la France et pour le repos
du monde. » (P. 90.)

« Ainsi se termine la carrière politique de cet
aventurier fameux,.... étranger ambitieux que
l'esprit de parti et la trahison replacèrent momentanément sur le trône de France, et dont le nom,
dépouillé de tout éclat mensonger, sera livré
comme il le mérite à l'exécration des siècles à
venir. » (P. 95.)

~~~~~~~~~~

165. — LES CRIMES DE BUONAPARTE et de ses adhérents, ou les ennemis de l'autorité légitime en
conspiration permanente, par F.-T. D***. Troisième édition, considérablement augmentée et
accompagnée de notes très-curieuses, ainsi que
du récit des derniers troubles de Nismes. —
J.-G. Dentu, imprimeur, 1815, 134 p. in-8º.

Épigraphe :

« Fas odisse viros, atque omnia ferre sub auras,
Si qua tegunt..... »

(VIRG., *Æneid*, l. II.)

« ..... Une classe d'hommes plus coupables que
celle des fédérés en guenilles, parce qu'elle est plus
éclairée, prostituait ses talents et vendait son esprit au tyran. Il faut... signaler au mépris public
certains hommes de lettres qui n'ont pas craint
de se couvrir d'ignominie en prodiguant leurs
éloges à Buonaparte, et en répandant contre la

famille royale les plus dégoûtantes calomnies. Un
Étienne, un Tissot, un Jouy avaient aussi leur
rôle à remplir dans ce dernier acte de notre tragédie révolutionnaire, et ils s'en sont acquittés avec
autant de courage que de succès... » (P. 32.)

« Le tyran était une seconde fois renversé.

« Les Français se jettent dans les bras de leur
Roi, comme des enfants, qui ont manqué devenir
la proie de quelque bête féroce, vont se jeter sous
les ailes protectrices d'un père qui accourt pour
les sauver. Paris changea tout à coup d'aspect...
une double haie de Français de tout rang, de
tout sexe, de tout âge, de toute condition reçut
avec des transports d'allégresse, avec des cris pro-
longés le monarque justement désiré. » (P. 49.)

« *Adresse de la Cour de cassation* à Louis XVIII,
à la nouvelle du débarquement de Napoléon au
golfe Juan :

« ..... C'est vous seul qui êtes la force de la
France, parce que vous êtes tout son bonheur.....
L'ennemi éternel de la France a beau s'agiter, il
ne peut plus rien contre son repos..... Les Français n'ont que trop reconnu qu'ils ne pouvaient
plus avoir d'autre souverain que les descendants
de Henri IV.. ... »

« *Adresse de la même Cour de cassation* à
l'Empereur, vingt jours après la précédente :

« Le vœu qui vous rappelle au trône vient de
se manifester avec autant d'unanimité que d'é-
nergie ; il est l'élan des cœurs sans violence et
sans contrainte. La légitimité de votre souveraineté ne peut donc être méconnue, lorsqu'elle

repose sur la base indestructible de la volonté
libre du peuple français. » (Notes, p. 96.)

~~~~~~~~~~

166. — Buonaparte ou l'abus de l'abdication,
pièce historico-héroïco-romantico-bouffonne,
en cinq actes et en prose, ornée de danses,
de chants, de combats, d'incendies, d'évolu-
tions militaires, etc., etc., etc. Quatrième édition revue et augmentée, sans nom d'auteur [1], avec cette épigraphe : « Il n'y a que les
morts qui ne reviennent pas. » — Paris, chez
J.-G. Dentu, 1815, 160 p. in-8°.

« 1er acte à l'île d'Elbe; 2e acte à Lyon;
3e acte à Paris; 4e acte en Belgique; 5e acte à
Paris.

« A l'île d'Elbe... (Acte I, sc. vi.)
Buonaparte. — Qui vous envoie?

Harel. — Sire, c'est Sa Majesté l'illustre ex-
reine de Hollande.....

« Buon. lisant : « ..... Le moment ne sera ja-
« mais plus propice. Venez, âme de mon âme,
« vous que seul j'aime au monde et pour qui je
« viens d'engager jusqu'à ma dernière chemise.
« Toutes les mesures sont prises. »

(Après avoir lu.) — Ah! ah! céleste créature!
Ah! ah! « Amour à la plus belle! »

1. Attribué par Quérard à Martinville, rédacteur du
Drapeau blanc.

« HAREL, *jetant son chapeau en l'air.* — « Honneur au plus vaillant ! »

« BUON. — Taisez-vous donc, nigaud..... (*Il siffle dans ses doigts*)..... (Sc. IX.) Voyons mes secrétaires ? Bâclons vite une couple de proclamations (*dictant*): Napoléon... le Grand... Par la grâce de Dieu et cætera. A l'armée : Soldats !

« LE SECRÉTAIRE. — Soldats !... après ?

« BUON. — Après, après !... Mettez-y un peu du vôtre ; écrivez, je signerai... Vous me fourrerez là-dedans quelque chose dans ce genre-là : « La victoire marchera au pas de charge, l'aigle volera de clocher en clocher, jusqu'aux tours de Notre-Dame. » C'est bien plat, c'est tout ce qu'il faut.

« A LYON (Acte II, sc. II).
Buonaparte parcourt les rangs de la Garde nationale qui ne dit rien. Le silence qu'elle garde n'est interrompu que par un pet de cheval.

« CAMBRONNE, *furieux.* — Quelle insolence ! Quoi ! au nez de Sa Majesté !

« UN CITOYEN, *avec sang-froid.* — C'est un cheval.

« UN OFFICIER. — Où est-il ? Il faut un exemple.....

« BUON. — Calmez-vous, je n'ai rien entendu... Trop d'innocents seraient frappés pour un seul coupable... Je supprime toutes les gardes nationales et je mets leurs chevaux en réquisition pour l'armée.

« LA GARDE NATIONALE A CHEVAL. — Vive la violette !

« ..... UN CANUT. — Vive l'empereur !

« UN NÉGOCIANT, *parlant à l'oreille du canut.* — Tu chercheras de l'ouvrage ailleurs; je n'en ai plus pour toi...

« Sc. x..... CAMBRONNE. — Votre Majesté paraît bien satisfaite !

« BUON. — Ma majesté est dans le ravissement. Je suis enchanté de la canaille de Lyon. Ce n'est pas l'embarras, la canaille m'aime partout.

« DROUOT, *s'inclinant respectueusement.* — Et vous en êtes bien digne, Sire.

« BUON. — Il y a de jolies femmes ici, Eh! eh! eh !

« QUELQUES PERSONNES. — Votre Majesté veut-elle qu'on lui en procure une ?

« BUON. — Oui, ça ne me fera pas de peine. . Je me propose de créer un nouvel ordre[1]; j'en fais chevalier celui qui m'amènera la coquine la plus .. coquine.

« UN CHAMBELLAN, *annonçant M*^me^.....

« BUON. — Elle arrive à propos. (*Au chambellan*) : Je vous fais chevalier de mon nouvel ordre..... Que tout le monde se retire.

« (*Une musique militaire exécute sous les croisées l'air : Où peut-on être mieux...*)

« AUX TUILERIES (Act. III, sc. v).

1. En note : « Apparemment celui des Trois Toisons. »

« M. Carnot. — Votre Majesté sait que j'ai la noblesse en horreur.

« Buon. — Eh bien, je vous fais comte, et j'abolis la noblesse.....

« (Sc. xi). H...l. — Sire, vous m'avez promis une préfecture.

« Buon. (*A Cambacérès.*) — Qu'en dites-vous, M. l'archi-chancelier? Vous le connaissez?

« Le prince archi-chancelier. — Je ne crois pas.

« Buon. — Bah! regardez-le donc bien.

« Le prince. — J'ai beau l'envisager.....

« Buon, *à H...l.* — Allons, retournez-vous, que son altesse sérénissime vous reconnaisse.

« Le prince. — Ah! ah! oui, je me rappelle... Oui, oui, c'est le petit H...l. Il reste, je crois, les Landes à donner.

« Buon. — Je les lui donne..... allez.

« Le prince *à H...l qui sort.* — Petit, avant votre départ, vous passerez à mon hôtel, j'ai quelque chose à vous remettre.

« Waterloo (Acte IV, sc. xii).

« Bertrand. — Ah! Sire! ah! mon maître! tout est perdu; il ne nous reste qu'à mourir. Voyez, quel chaos, quelle confusion!

« Buon. — Oui, il me semble en effet... Diable!... Mon ami, allons à Paris. L'air de la Belgique ne me vaut rien. Gourgaud... qu'on arrête les fuyards avec le plus grand soin; je me sauve.

« Un officier. — Comment! il se sauve? il nous abandonne ?

« Gourgaud. — Vous voilà bien étonnés! Ce n'est pas la première fois.

« A Paris (Acte V, sc. ix).

« Buon. — Eh bien, monsieur l'apothicaire, savez-vous pourquoi je vous ai fait demander ? Je veux que vous m'indiquiez un moyen pour mourir vite..... Connaissez-vous quelque drogue?

« L'apothicaire. — Oui, Sire; la pharmacie a, pour cela, des ressources bien plus sûres que pour conserver la vie des hommes.

« Buon. — Dites donc ?

« L'apoth. — D'abord, on peut user d'une préparation chimique qui consiste à mêler et unir ensemble du salpêtre, du charbon et du soufre... On peut faire parvenir au siége de la vie quelques paillettes de fer, rapprochées au feu sous la forme de sabre, d'épée.....

« Buon. — Taisez-vous donc, vous me faites venir la chair de poule par tout le corps.

« L'apoth. — Goûteriez-vous l'asphyxie par les gaz hydrogène, oxigène et azote combinés entre eux ?

« Buon. — Comment prend-on cela?

« L'apoth. — En se mettant une pierre au cou et en se jetant dans la rivière.

« Buon. — C'est donc se noyer ? C'est là tout ce que peut m'offrir votre art?

« L'apoth. — Le plus simple serait encore de

soumettre Votre Majesté à la loi de la gravitation et de la pesanteur des corps.....

« Buon. — Fi donc ! Un empereur se jeter par la fenêtre !

« L'apoth. — Vous ne voulez ni vous brûler la cervelle, ni vous poignarder, ni vous empoisonner, ni vous noyer, ni vous jeter par la fenêtre..... Il faut que Votre Majesté se pende ou qu'on la pende ; c'est ce qu'il y a de mieux pour elle et surtout pour nous.

« Buon. — J'y songerai.

« L'apoth. — Je vous y engage. »

167. — Vie publique et privée de Joachim Murat, composée d'après des matériaux authentiques, la plupart inconnus, et contenant des particularités inédites sur ses premières années, par M*** — Paris, J.-G. Dentu, 1816, 154 p. in-8°.

« ..... Fort bien, mon ami, lui dit Marat, je vois que vous êtes des nôtres. Puis-je vous être utile en quelque chose ? — Je viens vous prier d'agréer que je change une lettre de mon nom, et que je porte le vôtre. Je suis Murat, l'un des patriotes défenseurs de mon pays. — Je te connais de réputation, mon brave... je ne vois pas que ce changement soit nécessaire ; les noms ne font rien à la chose : laisse là les hommes et sers ton pays. » (P. 17.)

« Au moment où Murat formait sa maison de prince, un descendant de la maison de la Tour-d'Auvergne alla le trouver, et le pria de lui faire obtenir une place dans la maison de Buonaparte. Joachim le lui promit, et, deux jours après, il lui envoya un brevet portant sa nomination à une des premières places auprès de sa personne. Le descendant de Turenne le lui renvoya sans daigner lui faire aucune réponse. « Je ne demandais point à servir un palefrenier, » dit-il à un de ses amis. » (P. 32.)

168. — RAPPORT PRÉSENTÉ AU ROI, le 15 août 1815, attribué à M. le duc d'Otrante, réfuté par M. GUÉAU DE REVERSEAUX DE ROUVRAY, Chevalier de l'ordre royal et militaire de Saint-Louis. Deuxième édition. — Paris, J.-G. Dentu, 1815, 87 p. in-8°.

(Le rapport et la discussion sont imprimés en regard l'un de l'autre.)

169. — EXPOSÉ DE LA CONDUITE POLITIQUE de M. le lieutenant général CARNOT, depuis le 1er juillet 1814. — Imprimerie de veuve Courcier, 1815, 51 p. in-8°.

Épigraphe : Propius res aspice nostras.

170. — Examen de la charte constitutionnelle de 1814, par M. Le Bouvier Desmortiers, ancien magistrat. — Chez Delaunay, au Palais-Royal, 1815, 31 p. in-8°.

Épigraphe : Principiis obsta.

« Conclusion : (P. 31) C'est la moralité des princes qui fait la garantie des peuples ;... quand le crime règne, il n'y a pas de constitution qui tienne. Les gouvernants sont tout, les gouvernés ne sont rien ; une feuille de papier placée entre eux n'arrête pas les uns et ne défend pas les autres. La Charte qui conviendroit le mieux à la France, seroit le repentir de ses folies et la réforme des mœurs. »

171. — Adresse aux deux chambres en faveur du culte catholique et du clergé de France, ou Pensez-y bien : sans religion, point de gouvernement. Par l'abbé Vinson. — Imprimerie de Eberhart, 1815, 68 p. in 8°.

Épigraphe : Dies multos sedebunt sine rege, sine principe, sine sacrificio, sine altari, post hæc revertentur.
(Osée, c. iii, v. 4.)

172. — Mémoire justificatif pour le comte Lanjuinais, pair de France, membre de l'Institut, commandant de la Légion d'honneur,

dénoncé par quatre de ses collègues pour avoir imprimé et publié son opinion sur le projet de la loi nouvelle concernant des mesures de sûreté générale ; avec des notes sur un libelle intitulé : *Réfutation de l'opinion de M. le comte Lanjuinais, etc.*, par M. MAURICE M. — Librairie Delaunay, au Palais-Royal, 1815, 42 p. in-8°.

173. — OBSERVATIONS DU COMTE DEFERMON, sur les dénonciations et accusations portées contre lui. — Imprimerie de Doublet, 19 p. in-8°.

174. — MÉMOIRE AU ROI, par M. le baron de FERIET, précédé d'une lettre à M. le comte de La Ferronays, pair de France. — Imprimerie de Lenormant, 1815, 14 p. in-4°.

VIII

175. — Quelques observations sur la lettre
de Fouché au duc de Wellington, suivies du
texte de cette lettre et de quelques notes explica-
tives, par J.-B. de Saint-Victor. — 91 p. in-8°,
imprimerie de Lenormant, 1817.

> *Épigraphe* : Ecce iterum Crispinus.
> (Juven., *Satir.* iv.)

« La révolution est tout entière dans cette
lettre telle que nous l'avons vue, telle que nous
la voyons.

« Le duc d'Otrante écrit au duc de Vellington!
Le duc d'Otrante, ci-devant le *républicain* Fouché,
et aujourd'hui comme alors, l'assassin d'un roi,
se trouve dans une position telle, qu'il peut,
jusqu'à un certain point, traiter sur le pied de
l'égalité avec l'illustre capitaine qui fut l'instrument du salut de tous les rois!... » (P. 3.)

« Ecrivez, malheureux ! dans vos écrits men-
songers, dénaturez les faits, expliquez les intentions, arrangez des apologies ; nous répondrons

en ouvrant les pages du *Moniteur*, ces pages
plus durables que l'airain et que vous avez tra·
cées vous-mêmes, comme si la Providence vous
eût condamnés à élever de vos propres mains
l'éternel monument de votre infamie ; nous les
publierons en pages sanglantes, sans réflexions ni
commentaires ; et l'assassin de Louis XVI, le
féroce mitrailleur de Lyon n'y paraîtra pas moins
vil ni moins exécrable que le bourreau de l'Europe et le lâche meurtrier du duc d'Enghien. »
(Fin de l'avant-propos, p. 42.)

« LETTRE DE FOUCHÉ..... Il est presque sans
exemple qu'une monarchie, interrompue dans sa
durée, ait pu se rétablir ; il est impossible au
moins, après vingt-cinq ans d'interruption, de la
relever comme elle était, particulièrement chez
une nation dont les idées sont sujettes à des
mouvements si rapides... » (P. 62.)

«..... On ne peut pas longtemps gouverner les
hommes de la même manière. Les moyens d'avoir
de l'influence sur le peuple, le plus grand résultat
auquel un gouvernement puisse parvenir, ont
souffert dans un degré égal. La religion et la
morale publique ne sont que d'un foible secours
pour les lois. L'opinion publique, ingrédient
tout à fait nouveau dans l'ordre social, a acquis
tant de considération et de pouvoir, qu'elle est
devenue rivale du gouvernement... » (P. 70.)

«..... La liberté publique est devenue une nouvelle conscience à laquelle on ne peut faire
violence ; elle sert comme de boulevard à la liberté
des opinions... » (P. 71.)

«..... Une chose passe avant tout, c'est la bonne

foi : celui qui dans les jours de la grandeur étoit l'arbitre de l'Europe, vit, quand il se fit un jeu de sa parole, combien dans un degré égal il encourut la juste indignation des mêmes souverains et des mêmes peuples dont il avoit gagné la confiance et à qui il avoit donné la sienne...... Napoléon fut forcé d'être toujours victorieux, pour ne pas être anéanti par la vengeance... » (P. 79.)

176. — TABLEAU POLITIQUE DE L'ALLEMAGNE, par C.-A. SCHEFFER. — Paris, chez Plancher, rue Serpente, et Delaunay, Palais-Royal, 96 p. in-8°, 1816.

177. — ESSAIS SUR QUATRE GRANDES QUESTIONS POLITIQUES, par C.-A. SCHEFFER. — Paris, chez Plancher, rue Serpente, 63 p. in-8°, mars 1817.

178. — DES ESSAIS DE M. SCHEFFER sur quatre grandes questions politiques, et particulière-ment de son opinion relative aux armées, par le général AUGUSTE JUBÉ. — Imprimerie de Perronneau, 44 p. in-8°, 1817.

« Nous essayons de prouver qu'avec une sage constitution respectée et exécutée, les gouverne-ments se rendent identiques avec les nations ;

qu'après un naufrage, l'adhérence aux vrais *principes* est la seule planche de salut... « (Avis préliminaire.)

~~~~~~~~~~~~~~~

179. — LE CENSEUR EUROPÉEN, ou examen de diverses questions de droit public et de divers ouvrages littéraires et scientifiques, etc., par MM. COMTE et DUNOYER. — Tome troisième, 322 p. in-8º.

« TABLE. Des factions. — Manuscrit venu de Sainte-Hélène d'une manière inconnue; 182 pages avec notes, et conclusion des éditeurs du *Censeur* :

« Un jour un empereur romain se mit en tête qu'un homme qui gouverne un grand peuple doit nécessairement avoir une grande importance militaire ; il forme en conséquence une nombreuse armée, rassemble ses machines de guerre et se met en campagne. Il marche jusque sur le bord de la mer et, ne pouvant aller plus loin, ne trouvant personne à tuer, ayant un désir très-vif de se mettre en vue et d'attirer l'attention sur lui, il ordonne à ses soldats de ramasser des coquilles et rentre dans sa ville avec les honneurs du triomphe. Si pour arriver à ses coquilles, cet empereur avait fait massacrer sept ou huit cent mille hommes, on aurait bien pu dire qu'il était un grand sabreur ; mais nous ne pensons pas qu'on lui eût déféré le titre de grand génie. Si à la manie de sacrifier des armées pour obtenir des résultats mesquins, ridicules et absurdes, cet empereur eût joint l'égoïsme le plus impudent et le plus stupide ; s'il eût été destitué de tout sentiment de morale et d'humanité ; s'il eût commis et avoué les crimes les plus abominables pour arriver à une fin de laquelle ces crimes devaient l'écarter, on aurait pu lui conserver encore son titre de grand sabreur ; mais on ne lui eût pas donné le titre de grand homme ou de grand génie... » (P. 187.)

« (Suite de la table). — Gouvernement de France, de la loi de 1817 sur les finances (46 p.) — Pétition sur la destruction des sangliers, adressée à la Chambre des pairs. — Pétition sur la destruction des loups. — De l'indépendance de l'Amérique espagnole et du Brésil. — Matières religieuses. — Désordres qui ont eu lieu à Lille. — Ouvrages et écrits nouveaux.

180. — Extraits de lettres écrites pendant la traversée de Spithead à Sainte-Hélène, et durant quelques mois de séjour dans cette île. (L'auteur paraît être un médecin anglais attaché au *Northumberland*.) — Paris, Gide fils, 1817, 136 p. in-8°.

« L'auteur apprend à Napoléon le procès du maréchal Ney. « — Quoi ! dit-il, le maréchal Ney a été condamné ! — Oui, répliquai-je, il s'est adressé aux ministres des puissances alliées ; mais en vain. Il a prétendu dans sa défense qu'il avait été trompé par vous... »

« — Buonaparte ne fit aucun commentaire sur

la nouvelle que je venais de lui donner ; il se borna à dire : C'était un homme de courage. Ce fut le seul signe de regret qu'il laissa échapper sur un homme de la mort duquel il était cause. » (P. 84)

181. — Voyage d'un étranger en France pendant les mois de novembre et décembre 1816, sans nom d'auteur. — Delaunay, libraire, au Palais-Royal, 160 p. in-8°, 1817.

182. — Mandement de messieurs les vicaires généraux du chapitre métropolitain de Paris, le siége vacant, pour le saint temps de Carême, 9 février 1817. — Paris, chez Adrien Leclere, 1817, 21 p. in-4°. — (Ce mandement a pour objet l'annonce faite par l'éditeur Desoer, d'une réimpression des œuvres complètes de Voltaire et de Jean-Jacques Rousseau.)

« Ah! N. T. C. F., depuis que la main de Dieu a mis fin à nos malheurs, depuis que la France, l'Église, l'Europe ne sont plus opprimées, que le vicaire de Jésus-Christ est rentré dans la ville sainte, le Roi de France dans sa capitale, et tous les Souverains dans leurs États respectifs, depuis que vos enfants ne vous sont plus enlevés pour être envoyés du nord au midi, de l'orient à l'occident, d'un pôle à l'autre, porter le flambeau de

la guerre, rendre malheureux les paisibles habitants des cités et des hameaux, lever la hache
contre les Autels et contre les Trônes et pour
être enfin victimes eux-mêmes; depuis que Dieu
a fait cesser tant de maux et renaître tant de
biens, nous ne devions plus avoir à vous parler
que de votre reconnoissance et de votre fidélité. »
(P. 7.)

« Les arts, destinés par le Créateur, aussi bien
que les astres du firmament, à célébrer sa gloire,
semblent conspirer en faveur des vices qui l'outragent. La poésie, la musique, la peinture, la
sculpture, l'imprimerie surtout servent à cir-
convenir l'innocence et à lui tendre des milliers
de piéges. Les lieux les plus fréquentés de la
capitale sont comme une longue bibliothèque
publique, composée d'ouvrages obscènes ou im-
pies, dont les titres et les frontispices captivent
les passants et jettent dans les regards un venin
subtil, qui à l'instant même se communique au
cœur.

« Une calamité nouvelle, profonde, générale, se
méditoit dans le secret. Les feuilles publiques
annoncent hardiment à tous les Rois, à toute l'É-
glise, aux hommes en place, aux savants, aux
simples habitants des campagnes, aux pères, aux
mères de famille, deux recueils de toutes les œuvres de Voltaire et de Jean-Jacques Rousseau. »
(P. 7.)

« De quel front, avec quelle audace, les nouveaux
éditeurs viennent-ils maintenant afficher, jusqu'aux portes du palais du Roi, le projet de pro-
pager, plus que jamais, des ouvrages qui ont fait

9

le malheur de sa famille et de son peuple ?..... »
(P. 8.)

« ..... Tels sont, N. T. C. F., les deux oracles
dont on vous propose les enseignements et les pré-
ceptes. L'antiquité païenne, quoique si retardée
dans le développement de la saine raison, les aurait-elle mis au rang de ses Socrate, de ses Solon,
ou au rang des disciples d'Epicure ? » (P. 10.).

« ..... Des ouvrages flétris par des censures ec-
clésiastiques, voués par l'autorité du Roi et celle
des tribunaux à l'ignominie et à l'anéantissement,
et pour lesquels les priviléges de la presse n'existent donc pas, et ne peuvent exister ; des ouvrages
dont les auteurs ayant, par leur haine contre le
christianisme, renoncé d'avance à mêler leurs
cendres aux cendres des chrétiens, ont reçu,
après le 21 janvier, les honneurs de l'apothéose,
en qualité de patriarches des maximes qui ont
amené ce jour d'horreur, sur lequel quiconqu-
ne verse pas des larmes de sang n'est ni Fra
ni chrétien ; ces ouvrages, théories an
gicuses et antiroyales, seront-ils repro
grossis encore d'autres obscénités restées
l'oubli, parce que les premiers éditeurs e
sans doute la pudeur au moins de s'effrayer (
extrême degré de corruption ?.. » (P. 13.)

« Dieu se lèvera, N. T. C. F., et plaise
clémence que ce ne soit pas pour nous]
encore... » (P. 16.)

« Nous avertissons, au nom de la vertu,
ceux qui respectent la foi et les mœurs. Nous
déclarons, de la part de Jésus-Christ, qu'il
peuvent ni lire, ni garder, ni communiquer

coupable édition, sans se rendre coupables eux-
mêmes dans le genre le plus grave, et nous les
remettons au tribunal de leur conscience et au
jugement du Seigneur.

« Signé : ACHARD,
« Chanoine secrétaire. »

183. — LETTRE DE L'ÉDITEUR DES ŒUVRES COM-
PLÈTES DE VOLTAIRE, en 12 volumes in-octavo,
à MM. les vicaires-généraux du chapitre métropolitain de Paris, au sujet de leur dernier
mandement. — Chez Desoer et Delaunay, au
Palais-Royal, 25 p. in-8°. Paris, 1817.

Épigraphe :

Un prêtre, quel qu'il soit, quelque Dieu qui l'inspire,
Doit prier pour son *frère* et non pas *le* maudire.

(VOLTAIRE.)

« ..... Un scandale non moins grand est donné
par vous à une nation attentive et éclairée qui
connaît également l'étendue de ses devoirs et les
limites de votre autorité..... Sortis du temple, vous
n'êtes plus pour elle que des hommes qu'elle juge
d'après leur conduite; et si vous quittez la chaire
évangélique pour monter dans la chaire curule
ou sur le siége du magistrat, elle ne voit plus en
vous que des usurpateurs. » (P. 3.)

« *Une calamité nouvelle, profonde, générale, se
méditait dans le secret...* » Je vous le demande,
messieurs, à ces terribles paroles, à ces sons

effrayants de la trompette d'alarme, ne croirait-on pas que vous allez nous annoncer une guerre désastreuse, une famine meurtrière? Et de quoi s'agit-il? D'une réimpression d'ouvrages répandus dans toute l'Europe... » (P. 7.)

« ... Sommes-nous au dix-neuvième, sommes-nous au neuvième siècle? Voilà ce que se demandent avec étonnement tous ceux qui ont entendu ou lu cet amas de malédictions. Mais non, il ne faut pas remonter si haut pour trouver des exemples de ces fureurs théologiques. » (P. 18.)

« Et quel moment choisit-on pour lancer ces imprudents arrêts contre les admirateurs de Voltaire et de Rousseau, c'est-à-dire contre toute la classe éclairée de la nation? Celui où tant de malheurs à réparer, tant de plaies à cicatriser nous font un besoin absolu de la concorde; celui où les ministres de l'Évangile, témoins de cette généreuse ardeur que montre la France entière, et surtout la capitale, pour venir au secours de l'indigence, ne devraient ouvrir la bouche que pour augmenter encore, s'il est possible, par toute l'éloquence de la charité, le zèle de la bienfaisance et les ressources de l'infortune ! » (P. 19.)

« Est-ce Massillon qui aurait parlé du complot *affreux et moderne* d'une édition? Est-ce un Bourdaloue qui nous aurait dit qu'une *consolation* qui a de puissants motifs est mêlée d'une *désolation extrême?* Est-ce Pascal qui aurait comparé les Français du dix-neuvième siècle à *des chiens muets qui ne sauraient aboyer?* Est-ce l'âme de Fénelon qui aurait trouvé cette expression révoltante des *trésors* de la vengeance de Dieu?

Jusqu'ici on ne nous avait parlé que des trésors de sa clémence. » (P. 23.)

« Prêtres chrétiens, pardonnez à l'auteur d'*Al-zire;* sujets fidèles et dévoués, admirez celui qui traça la *Henriade* et le *Siècle de Louis XIV;* tendres fils, aimez l'auteur de *Mérope;* et si votre caractère, vos principes religieux vous obligent à détourner les yeux de quelques autres écrits, gardez au moins le silence de la charité et des égards dus au talent, sur l'écrivain qui plaça toujours une bonne action auprès d'un tort et un chef-d'œuvre à côté d'une erreur. (P. 25.)

« TH. DESOER,
« éditeur. »

184. — DE L'UNION EN FRANCE, par Emmanuel BOUIN. — 84 p. in-8°. Chez tous les marchands de nouveautés, 1817.

« Dans quel étrange abaissement est tombée ma patrie!... Qu'un citoyen généreux, voyant le ministère s'engager dans une route tortueuse ou impraticable, essaye d'éclairer le roi et son peuple sur les dangers qui les menacent : qu'il tremble ! On a glissé à la tribune, propagé par les journaux et on soutient déjà dans le temple de Thémis cette doctrine, « qu'attaquer un ministre, c'est attaquer le roi, par cela seul qu'il est revêtu de sa confiance. » Le roi ne peut donc jamais être trompé? Les ministres seront tous des hommes habiles, intègres, courageux et dévoués ? A votre avis, il faut toujours attendre au 20 mars, pour signaler l'ineptie ou la trahison? » (Préface, p. vii.)

« Lorsque nous sommes parvenus au dernier degré de l'opprobre et de la misère, lorsqu'un excès d'énergie et de confiance peut seul sauver la patrie d'une dissolution prochaine, et nous donner le courage nécessaire pour supporter ou terminer une pénible agonie, vous nous engagez à nous livrer à l'étude des sciences, des lettres et des beaux-arts? Ainsi, quand la mort erre sur les lèvres d'un enfant, ses imprudents gardiens lui donnent un hochet pour amuser sa dernière heure, au lieu de lui prodiguer ces remèdes effi- caces qui pourraient peut-être ranimer ses forces et le rendre à la vie. » (Préface, p. ix.)

« Si quelques philosophes sont parvenus, dans le dernier siècle, à dénaturer, à l'égard de la re- ligion, les sentiments des hommes peu éclairés, c'est en la peignant aux yeux de la multitude comme l'auxiliaire intéressée de tous les despo- tismes. Voulez-vous détruire d'odieux préjugés, faire tomber d'aveugles préventions? Employez l'autorité de vos paroles et de vos exemples à faire chérir cette Constitution (la charte) qu'un roi, l'image de Dieu sur la terre, a créée pour le salut de la France. » (P. 51.)

~~~~~~~~~~~~~~~~

185. — LE DÉPART DE LONDRES, ou tribut de reconnaissance, remercîments et derniers adieux d'un vrai royaliste à la haute et petite

Noblesse des trois royaumes réunis de la
Grande-Bretagne, etc., etc..... Élégie, en vers
de longue mesure, circonstances intéressantes
du départ du Roi de la capitale, de son arrivée
à Douvres, son débarquement à Calais, les
exultations de ces deux ports, celles de Paris à
sa rentrée triomphale dans cette ville ; l'anecdote, si chère à la France, du mariage de
S. A. R. Monseigneur le duc de Berri avec
S. A. R. Madame la princesse Caroline de
Naples ; les démonstrations de joie des habitants de Fontainebleau, à cette occasion, celles
du faubourg Saint-Antoine, au retour du Roi
au Palais des Tuileries, etc., etc. — Ornée
de notes et d'anecdotes historiques et politiques ; suivie de deux autres pièces de poésie
intitulées : *la Carcasse,* ou *Charpente de
Woolwich, Wellington et Blucher aux prises
avec Napoléon,* 50 p. in-8°, précédées d'une
préface ou *adresse aux Français et à la nation
française en général,* signée Ch. Humblet
de Molhain. — Paris, de l'imprimerie de
J.-G. Dentu, avril 1817.

« O fureur de régner, tyrannique fureur !
Aveuglement cruel ! Phantôme séducteur ! ! !
Peux-tu jusqu'à ce point jouer, tromper les hommes,
Nous jouer, nous tromper tous autant que nous sommes ?
Eh ! sur le trône enfin, sous nos pieds, sous nos pas,

Quel abyme de maux, grand Dieu! n'ouvre-t-il pas?
Oui, quand du vrai Monarque, au sein de cette France,
Le traître, le parjure outragent sa puissance,
Que l'on y voit un tas d'hommes séditieux
Lui disputer un droit, qu'il tient de ses aïeux... »

> (*La Charpente de Woolwich. —* P. 23.)·

« Oui, sous nos Tamerlan, ce Bajazet altier,
Mille fois plus cruel que ne fut le premier,
Eût, avec tous les siens, les siens et leurs familles,
(Tel ce rebel farouche) expiré sous des grilles,
Et vingt cages de fer, sous ce fier potentat,
Eussent fait et leur lot et le lot d'un Murat,
Celui d'un traître Ney, d'un vil Labédoyère,
D'un tas d'autres coquins, en *Al*, en *Uc*, en *Ère*...»

> (*La Charpente de Wcolwich. —* P. 23.)

« Et ce grand châtiment plus dur que mille morts,
Qui, quelque affreux qu'il soit, l'est bien moins que leurs
[torts... »

> (*La Charpente de Woolwich. —* P. 24.)

186. — Le Paysan et le Gentilhomme, anecdote récente. Sans nom d'auteur. — Paris, chez Lhuillier, rue Serpente, et Delaunay, au Palais-Royal, 1817, 157 p. in-8°.

(Scènes du retour de l'émigration et du mouvement de réaction tenté, pendant les premières années de la Restauration, contre les libéraux et les partisans des principes de la Révolution.)

« Le Gentilhomme. — Ah çà, Robert, tu vas être nommé maire ; je veux que tu sois installé

solennellement ; il s'agit de faire un discours,
et de le faire bon. Tu commenceras, suivant
l'usage, par dire que tu regardes ton emploi
comme au-dessus de tes forces. Tu entameras un
pompeux éloge du temps passé ; tu diras que ce
n'était qu'autrefois qu'on avait de bonnes lois,
de bonnes institutions, de bonnes mœurs. Ensuite tu parleras du temps présent avec le plus
souverain mépris. Tu diras qu'il n'y a plus d'honneur, de bonne foi, de délicatesse, de religion......
Tu pourras parler de l'éducation ; tu diras qu'on
en donne trop aux jeunes gens ; que c'est là ce
qui les pervertit et les empêche d'être dévots ;
qu'on ne les rendra bons qu'en les rendant
ignorants et superstitieux. Tu ne chercheras pas
d'exemple de cela dans l'histoire ; car tu n'y en
trouverais que de contraires à cette doctrine.

« Tu demanderas qu'on transforme les colléges
en couvents ; car il nous faut des couvents ; nous
en voulons à toute force. La France a encore trop
de richesses, trop de lumières, trop d'activité. Il
faut enfouir une partie des trésors qui lui restent
dans ces établissements consacrés à la fainéantise
et à l'ignorance.

« Tu feras sentir combien il est contraire aux
mœurs et à la religion que les jeunes gens pas-
sent leurs soirées à entendre les chefs-d'œuvre de
nos grands auteurs, à recueillir avidement une
foule de beautés de premier ordre, qui élèvent
leurs sentiments en ornant leur mémoire. S'ils
passaient la soirée à battre le pavé, à jouer, à
boire ou à faire pis, il n'y aurait pas de mal à cela;
on ne dirait rien.

« Tu n'oublieras pas de signaler les mauvaises lectures qu'on leur permet, surtout les œuvres de Voltaire. Tu te déchaîneras contre cet empoisonneur public, contre cet enragé qui a contribué plus que personne à établir la tolérance..... Tu reproduiras toutes les plates déclamations dont Voltaire a été l'objet ; toutes les injures, les calomnies qu'on trouve dans les rapsodies de ces barbouilleurs de papier, dont il a daigné transmettre les noms au mépris de la postérité.

« Tu tonneras contre la philosophie ; tu diras que c'est elle qui a causé tous nos maux ; que c'est elle qui a fait sentir à la canaille qu'elle avait tort de se laisser piller, bafouer et rosser. Je te recommande de bien faire sonner ce mot de canaille. Ce mot donne tout de suite au faquin qui s'en sert un air de grandeur. Tu pourras aussi employer, pour éviter la monotonie, quelques équivalents, tels que populace, lie du peuple, etc.; mais le mot canaille est le plus sonore et le plus distingué.....

« Tu proposeras d'envoyer des missionnaires dans toutes les villes, bourgs et villages de la France. Quand même cette mesure produirait un effet contraire à celui qu'on en attend, le clergé aura prouvé son crédit et son autorité, c'est là l'essentiel....

« ..... Tu termineras par la nécessité d'en revenir aux anciens usages ; car c'est là le point capital, c'est là le grand but qu'il faut atteindre. Tu diras que ceux qui ne sont pas de ton avis sont des athées, des scélérats, des jacobins ou des bonapartistes ; ces deux dernières qualifications sont à ton choix..... » (Chap. V.)

~~~~~~~~~~~~

187. — Première épitre a M. l'abbé Sicard [1] sur quelques mots inventés pendant la Révolution, suivie de notes historiques et de trois sonnets faits dans les cachots du Temple, par M. l'abbé David. — Seconde édition, imprimée à Bordeaux, chez Lawalle jeune, 64 p. in-8°, avec notes.

(L'avertissement dit que cet opuscule fut écrit en 1790, et qu'on en imprima un fragment en 1801. Une note manuscrite sur la première page ajoute qu'il a été imprimé complétement le 23 décembre 1813, et connu seulement en 1817. On trouve, dans le cours de l'opuscule, quelques intercalations manuscrites qui paraissent être de la main de l'auteur.)

« Cette plaisanterie, en style un peu burlesque, est la critique historique de toutes nos fureurs, depuis 1789 jusqu'en 1804. Elle peut n'être pas inutile à une Nation qui oublie aussi vite ses torts que ses malheurs... — Si le public accueille ce petit ouvrage, l'histoire dégoûtante du règne du *Corse Empereur*, sera rédigée dans le

1. L'abbé Sicard fut le célèbre professeur et protecteur des sourds-muets.

même style. — L'abbé David. » (Avertissement
p. viii.)

Constitution.

« D'un cerveau creux, sortit un embryon
Qui fut nommé la *Constitution*.....
Ce nouveau-né fut un germe fatal
Où prit naissance un bien dangereux mal ;
L'esprit français devint législomane,
Tout fit des lois, jusqu'au porte-soutane ;
Chaque avocat, procureur, médecin,
Fut entiché de ce goût assassin... » (P. 10.)

(Suivent 66 vers.)

Liberté.

« Ce premier mot enfanta *Liberté*.
Ce son flatteur avait tout enchanté ;
Mais un génie ennemi de la France,
Pour tout brouiller, envoya la *licence*. » (P. 14.)

(Suivent 30 vers.)

Égalité.

« Au même instant, arrive *Égalité*,
A toute force on l'aurait accepté ;
Mais il devint le cheval de bataille
De nos voleurs, de toute la canaille ;
. . . .
Et j'en conclus que tous ces niveleurs
Étaient des sots, des fous et des voleurs... » (P. 16.)

(Suivent 40 vers.)

Unité.

« Quel est celui qui s'avance isolé ?
C'est l'*Unité*, ce fut l'intitulé

Que prit d'abord la grande république;
On décréta qu'elle serait unique. » (P. 17.)

   (18 vers.)

Suivent les définitions et l'historique des mots :
Indivisibilité, Fraternité, Jacobins :

« Un œil gravé sur le quart d'un feuillet
Ouvrait l'entrée à ces coupe-jarret.
Le bonnet rouge étant là d'étiquette
Faisait l'effet d'un champ semé d'œillette.
Silence ! Un chef agitant ses grelots,
Va faire asseoir tous ces coquelicots... » (P. 21.)

... *Convention, Tribunal révolutionnaire, Madame, Gouvernement révolutionnaire, Fédéralisme, Modérantisme, Directoire :*

« *Convention* engendra *Directoire*.
Cinq chenapans d'odieuse mémoire,
Sans mission, sans titres et sans droits,
Osent s'armer du sceptre de nos rois...
... Quiconque prend la coupe des pouvoirs,
Y boit, s'enivre et dort sur ses devoirs,
C'est ce que fit le lâche *Directoire*,
Qui gouverna, naquit, mourut sans gloire. »

   (P. 31. — 5o vers.)!

Emprunts forcés.

« De ces deux mots l'amalgame est risible,
Et Vaugelas l'eût jugé impossible;
Car de son temps, on ne forçait au prêt
Qu'avec une arme au fond d'une forêt. » (P. 32.)

... *Papier-monnaie, journée du dix-huit fruc-*

tidor, Persécution des émigrés rentrés, Lois des otages, Conscription :

> « . . . . la France désolée
> Est, dans l'instant, mise en coupe réglée;
> Elle renonce aux sciences, aux arts;
> Tous ses enfants, pour les travaux de Mars,
> Doivent quitter leurs métiers, leurs études,
> Et des soldats prendre les habitudes.
> Tuer, voler est l'éducation
> Qu'ils recevront par la *conscription...* » (P. 37.)

..... *Consulat, Cour de Napoléon* . . . . .
. . . .
(P. 3~ 48 vers.)

e note biographique sur l'abbé David
à 58).

~~~~~~~~~~

SECONDE ÉPITRE A M. L'ABBÉ SICARD, ou
e en vers burlesques d'une partie des
t des crimes du Corse empereur, depuis
!rée en Égypte jusqu'à sa déportation à
ainte-Hélène , par M. l'abbé DAVID.
otes. — 43 p. in-8°, imp. de Lenor-
:ue de Seine, 1817.

squ'ici je n'ai fait que glaner;
; mots durs pour le cœur, pour l'oreille,
t-ils qu'on médite et qu'on veille?
:e fatras à l'âme fait horreur;
rlons plus. Attaquons l'empereur. »

I. *Ce fils du greffier du tribunal d'Ajaccio est le tyran le plus fourbe et le plus cruel qui ait existé.*

« Mais d'où sortit un despote si diable,
A qui l'enfer n'eut rien de comparable?
D'Ajaccio nous vint ce fanfaron... » (25 vers.)

II. *En Égypte, il fit semblant d'embrasser l'Islamisme, pour tromper les És* **····**

« Les bords du Nil ont
Pour l'Alcoran r·
Et ce dém·
Se···

« Le voilà seul arrivé dans Paris ;
Il fit venir ses lâches favoris,
Leur raconta ses malheurs, sa détresse,
Et dans l'instant, un vil Sénat s'empresse
A décréter pour le fuyard vaincu
Le dernier homme et le dernier écu. » (P. 21.)

XIV. *Il est transféré à Sainte-Hélène.*

« Mais puisqu'il est sous la zone torride,
Ne craignons plus les trames du perfide ;
Et s'il avait chez nous un suppléant,
Qu'il soit soudain plongé dans le néant.
Les siens et lui fomenteront la guerre
S'ils ne sont mis en un pâté de terre... » (P. 31.)

189. — L'Art d'obtenir des places, ou la clef des ministères, ouvrage dédié aux gens sans emploi et aux solliciteurs de toutes les classes. Troisième édition. — 146 p. in-8°, Paris, Pelicier, libraire au Palais-Royal, 1817.

« Il est encore pour le jeune solliciteur une autre chance de succès ; sans que je m'explique on me devine. Plus d'un grave philosophe est devenu amoureux : un ministre n'a pas toujours la prétention d'être plus sage qu'un philosophe. Connaissez l'objet de sa passion. Dans ces moments d'abandon où l'homme d'État oublie entièrement les affaires pour ne songer qu'aux plaisirs, son cœur est très-accessible à la compassion, une faveur sollicitée par une bouche jolie devient à ses yeux un acte de justice ; comment refuser quelque chose à la beauté qui va tout accorder ? Elle peut même, en différant avec art, obtenir de l'impatience de l'amant ce que la gravité du ministre aurait longtemps fait attendre. » (P. 87.)

« Un solliciteur prévoyant doit entrer dans les vues des gens de bureau pour qu'à leur tour ils entrent dans les siennes. Dans ce moment il n'a besoin de rien ; mais il a besoin d'une place, et avant qu'il l'ait obtenue, il aura le temps d'user tous ses efforts. Qu'il achète donc, qu'il achète par calcul, par économie. Il a su que l'épouse du sous-chef était mercière ; c'est là qu'il prendra des gants ; le commis principal vient d'unir son sort à celui d'une lingère, c'est chez elle qu'il faut commander des chemises ; enfin, la ménagère du garçon de bureau tricote des gilets de laine : on est au mois de juillet, qu'importe ? Notre homme veut en avoir un ; il sera charmé de suer trois fois plus, s'il peut, par ce moyen, communiquer un peu plus de chaleur à ses protecteurs. » (P. 129.)

IX

190. — Procès des généraux et officiers de l'Empire.

ORDONNANCE DU ROI.

Au château des Tuileries, le 24 juillet 1815.

« Louis, par la grâce de Dieu, Roi de France et de Navarre,

« Voulant, par la punition d'un attentat sans exemple, mais en graduant la peine et limitant le nombre des coupables, concilier l'intérêt de nos peuples, la dignité de notre couronne et la tranquillité de l'Europe, avec ce que nous devons à la justice et à l'entière sécurité de tous les autres citoyens sans distinction,

« Avons déclaré et déclarons, ordonné et ordonnons ce qui suit :

« Art. 1er. Les généraux et officiers qui ont trahi le Roi avant le 23 mars, ou qui ont attaqué la France et le gouvernement à main armée, et ceux qui, par violence, se sont emparés du pouvoir, seront arrêtés et traduits devant les conseils de guerre compétents, dans leurs divisions respectives, savoir :

« Ney, Labedoyère, les deux frères Lallemant, Drouet d'Erlon, Lefebvre-Desnouettes, Ameilh, Brayer, Gilly, Mouton-Duvernet, Grouchy, Clausel, Laborde, Debelle, Bertrand, Drouot, Cambronne, Lavalette, Rovigo. »

190 *bis*.— Procès du lieutenant général Savary, duc de Rovigo, contumax, contenant la séance du conseil de guerre permanent de la 1ᵉ division militaire, les pièces du procès, le mémoire publié par Mᵐᵉ la duchesse de Rovigo, les conclusions du rapporteur et le jugement qui le condamne à la peine de mort. Précédé d'une notice historique sur ce général. — 16 p. in-8°, petit texte, Paris, Plancher et Delaunay, libraires, 1817.

« *M. Viotti*, chef de bataillon d'état-major, rapporteur :

« Le premier soin qui fut pris lors du retour du Roi, fut de faire disparaître tout ce que l'on trouva de pièces de nature à démontrer l'existence de la conspiration qui ouvrit à Bonaparte le chemin de l'île d'Elbe aux côtes de Provence, et celui de la Provence à la capitale. Cette attention officieuse de la part des conjurés n'a cependant pas eu un succès complet : quelques pièces ont échappé à leurs recherches, et, au nombre de celles-ci, vient s'en offrir une qui prend le caractère d'une preuve matérielle contre le lieutenant général Savary. Cette pièce est une lettre écrite pendant l'usurpation par l'accusé lui-même. Cette lettre renferme deux assertions distinctes : la première est, qu'avant le 1er mars 1813, il y a eu intelligence entre Bonaparte et une réunion à Paris de personnages dont l'accusé faisait partie ; et, suivant la seconde, le sieur Renault aurait été un des agents de cette intelligence.....

« Je conclus à ce que le lieutenant général Savary soit déclaré convaincu de trahison, en ce que, par des manœuvres secrètes et au moyen d'intelligences criminelles, il a facilité le retour de Bonaparte en France; en ce qu'aussi il a, bien que comptant parmi les officiers généraux de l'armée du Roi, et touchant un traitement militaire sur les fonds du trésor royal, accepté dès le 20 mars, de l'usurpateur, l'emploi d'inspecteur général de la gendarmerie. »

« Après une heure de délibération, les conclusions de M. le rapporteur ont été adoptées à l'unanimité des voix par le conseil de guerre, et le duc de Rovigo a été condamné, également à l'u nanimité, à la peine de mort. »

191. — PROCÈS DU LIEUTENANT GÉNÉRAL COMTE DROUOT, grand officier de la Légion d'honneur, précédé d'une notice historique sur cet officier général et orné de son portrait. — 63 p.

in-8°, Paris, chez Lhuillier, Pillet et Delaunay, 1816.

« Le chef de bataillon *Delon*, rapporteur :

« Un homme extraordinaire, Napoléon Bonaparte, dont le nom se rattache à de si sanglants souvenirs, gouvernait la France et dominait l'Europe.

« Ce que n'avaient pu faire les anciennes alliances et l'intérêt qu'avaient tant de rois de soutenir l'auguste famille des Bourbons sur le trône, et d'arrêter le torrent de la révolution française, ce fut par la crainte qu'inspirait un seul homme. L'Europe entière prend les armes contre lui; la France est envahie, et le colosse est renversé.....

« ..... Si vous pensez que depuis la deuxième abdication la conduite du général Drouot a été celle d'un homme attaché à sa patrie et à ses devoirs; si vous pensez que son exemple et ses exhortations n'ont pas peu contribué à faire rentrer l'armée dans son devoir; si, jetant les yeux sur la vie privée, politique et militaire de ce général, vous trouvez qu'il a toujours eu pour devise honneur, bravoure, loyauté et franchise, vos cœurs seront sans doute affectés d'avoir vu ce général être un des soutiens d'une cause aussi criminelle. Sans doute vous regretterez l'usage qu'il a fait de ses qualités et de ses talents; mais aussi vous saurez lire dans son cœur, et, convaincus de sa bonne foi, vous le plaindrez et ne le condamnerez pas.

« Le général *Drouot*. — Si vous croyez que mon sang soit nécessaire pour assurer la tranquillité

de la France, mes derniers moments auront
encore été utiles à mon pays. Si vous n'écoutez
que la voix de la justice, vous n'oublierez pas
qu'à l'époque de l'invasion j'étais sujet d'un souverain étranger et dégagé de mes devoirs envers
la France; que j'étais attaché à Napoléon par les
liens les plus sacrés, et que sous peine d'infamie
il ne m'était pas permis d'opter entre mes vœux et
les obligations que m'imposaient mes serments.
Quel que soit le sort qui m'attend, j'emporterai
la consolation d'avoir servi avec zèle et désinté-
ressement, d'avoir fait tout le bien qui m'a été
possible dans toutes les positions où la Providence
m'a placé, et d'avoir toujours aimé ma patrie,
pour laquelle je ferai des vœux jusqu'à mon dernier soupir. »

« Le conseil de guerre, président le lieutenant
général comte Danthouard, déclare *à la majorité
suffisante de trois voix contre quatre*, que le lieutenant général Drouot n'est pas coupable.....

« M. Girod de l'Ain, son défenseur, se hâta de
se rendre à la prison de l'Abbaye, pour apprendre
à son client et à son ami l'heureuse issue de ce
procès. Il dormait, malgré l'émotion de la journée, il n'avait rien changé aux habitudes de sa
captivité. Accoutumé à se coucher à huit heures
pour reprendre à six heures du matin ses travaux
journaliers, sans inquiétude comme sans insensi-
bilité, il attendait son sort au milieu de ce stoïque
repos. »

192. — Procès du général Cambronne, commandant de la Légion d'honneur, contenant toutes les pièces, interrogatoires, débats, rapports, plaidoyers de la procédure. — 76 p. in-8°, Paris, chez Lhuillier, Pillet et Delaunay, 1816.

« Il est remarquable que, prisonnier des Anglais, et libre, par la capitulation de Paris, de se choisir un asile assuré, le général Cambronne ait préféré les chances d'un procès criminel à la sécurité de son exil..... Pouvait-il, au milieu de ses compatriotes, ne pas s'armer de quelque confiance, ce guerrier qui fut l'honneur des Français dans un jour de défaite? Aurait-elle craint de se lever, dans le sanctuaire de la justice, cette tête couverte de cicatrices et de lauriers? Et cette voix pouvait-elle trembler en demandant une réparation de l'honneur, qui, du milieu de nos rangs, criait aux Anglais, dans la journée de Waterloo : « LA GARDE MEURT ET NE SE REND PAS. » (Notice historique, p. IV.)

« Le chef de bataillon *Delon*, rapporteur :

« ..... On confondait le général Cambronne dans la foule de ces militaires qui, aux yeux de ce gouvernement insurrectionnel, n'avaient d'autre mérite que celui d'obéir et de combattre, et que, par ce motif, Sa Majesté, toujours juste, toujours magnanime, a regardés comme égarés ou séduits, et qu'elle a couverts du manteau de sa clémence en empêchant qu'ils fussent l'objet d'une poursuite judiciaire. N'oublions pas, messieurs,

cette volonté bienfaisante et magnanime de Louis
le Désiré..... Vous devez être plus que convaincus
que l'accusé ne peut être considéré que comme
un brave et dévoué soldat, comme un aveugle
instrument, et non comme l'instigateur de cette
audacieuse et criminelle entreprise..... » (P. 54.)

« *Me Berryer*, défenseur :

« ..... Bonaparte, malgré la pesanteur de sa
chute, n'était point revenu de l'ivresse où l'avait
plongé le pouvoir souverain dont il a tant abusé ;
son repos lui fut insupportable, et le génie du
mal, qui le tourmentait, lui fit concevoir l'idée
de rentrer en France.

« ..... Bonaparte sembla, dans les champs de
Waterloo, avoir perdu l'art de la guerre et cette
audacieuse tactique qu'il déploya dans un grand
nombre de batailles ; ou plutôt, Dieu l'abandon-
nant à ses ignorances, l'aveuglait, le précipitait et
le confondait par lui-même.....

« ... Le général Cambronne, vers le soir, à la
tête d'un seul bataillon, attendait encore de pied
ferme le choc de l'armée ennemie, quand il fut
frappé ; il tombe au milieu des morts...! Grand
et malheureux courage, dont le souvenir fera toujours battre les cœurs français !

« Cependant, tandis que ces soldats, entraînés
et égarés par la volonté de fer et par les perfidies
de l'usurpateur, tombent pour lui sous les coups
de la mort, il fuit, et seul il vient se cacher dans le
palais de nos rois..... » (P. 64.)

« ..... Quel cœur français aurait le courage
de laisser tomber un cruel arrêt sur cette tête

sillonnée par tant de cicatrices! Non, la main du
bourreau n'achèvera pas ignominieusement cette
mort que mille ennemis ont si glorieusement
commencée. Enfin, pour emprunter aux livres
sacrés une expression qui convient admirable-
ment à notre sujet : « Non, vous n'immolerez
point ce lion qui est venu s'offrir comme une victime obéissante. » (P. 73.)

« Le conseil a répondu à l'unanimité : Non, le
général Cambronne n'est pas coupable. »

193. — PROCÈS DU LIEUTENANT GÉNÉRAL LEFEBVRE-
DESNOUETTES, commandant de la Légion d'honneur, grand-croix de l'ordre de la Réunion,
chevalier de Saint-Louis, contumax, contenant la séance du conseil de guerre permanent
de la 1re division militaire, les pièces du procès et le jugement qui le condamne à la peine
de mort. Précédé d'une notice historique sur
ce général. — 16 p. in-8°, Paris, chez Plancher, Eymery et Delaunay, 1816.

« Ce fut lui qui commanda l'escorte qui con-
duisit Bonaparte à l'île d'Elbe. A son retour de
cette expédition il fut nommé par le Roi chevalier de Saint-Louis, ce qui ne l'empêcha pas, au
commencement de 1815, de marcher sur Paris
avec les garnisons des places du Nord; mais voulant, chemin faisant, s'emparer de La Fère, son

coup fut déjoué par la fermeté de d'Aboville, ce qui le détermina à aller à toute bride réjoindre Bonaparte, qu'il suivit dans sa campagne de trois jours, avec son courage ordinaire. » (Notice historique, p. 2.)

194. — Procès du maréchal de camp Rigau, contumax, et du capitaine Thomassin, commandant de la gendarmerie à Châlons, contenant les pièces du procès, le jugement qui condamne à la peine de mort et aux frais du procès le général Rigau, et qui acquitte le capitaine Thomassin. — 26 p. in-8°, Paris, chez Plancher, Eymery et Delaunay, 1816.

« État des recettes et dépenses faites par le général de brigade Rigau, commandant le département de la Marne, depuis le 28 janvier 1815.

« *Recette*....... Le 20 mars, en passant par Épernay, pris dans la caisse du receveur particulier . . . .   10,000 fr.

« *Dépense*....... Pour avoir fait enlever par le peuple un partisan de l'empereur, arrivant de Lyon et porteur de proclamations de S. M., qui avait été arrêté par la gendarmerie et par les ordres du commandant de la garde nationale, ce qui s'est exécuté avec succès, et ce qui a même provoqué l'opinion du peuple, qui s'est prononcé d'une manière très-vigoureuse,   5,000 fr.

« *Un témoin*, le sieur Blanchard, vitrier à Châlons, a entendu, le 20 mars, la conversation de deux femmes du peuple, dont l'une disait à l'autre : « Tu dois crier plus haut que moi vive l'Empereur, car tu as reçu six francs, et moi je n'ai reçu que cent sous. »

« *M. Viotti*, chef d'escadron d'état-major, rapporteur :

« Un officier général, chargé par le Roi d'un commandement important, employait, sous la direction des chefs réunis à Paris, l'argent à salarier des provocateurs à la révolte, à faire imprimer et distribuer des proclamations séditieuses, à débaucher les troupes, à préserver de l'action de la loi les espions de Buonaparte, à préparer enfin, sur le point où il se trouvait, le triomphe de l'usurpateur.

« Le maréchal de camp Rigau vous est dénoncé comme s'étant rendu coupable de trahison et de rébellion; le capitaine Thomassin est accusé de s'être rendu complice de ces crimes. Il n'y a rien dans les pièces à charge qui puisse justifier cette accusation. Mais tout en avouant que je n'ai pas la conviction intime de la complicité de l'accusé dans les crimes dont le général Rigau s'est rendu coupable, je ne dois pas taire que cette conviction que je ne sens pas, vous pouvez l'avoir acquise. Quelle que soit la détermination que vous prendrez à l'égard du capitaine Thomassin, vous n'hésiterez pas à prononcer la condamnation du maréchal de camp Rigau, qui n'est point ici pour répondre aux questions qu'il eût été intéressant de lui adresser, d'un homme qui, non content de se parjurer, débauchait le soldat, soulevait la populace et donnait asile à un général (Lefebvre-Desnouettes) qui venait de se souiller du plus grand des crimes en marchant sur la capitale et en menaçant la personne sacrée du Roi. »

« Le capitaine *Thomassin* :

« ..... J'ai pensé que je n'avais besoin, pour ma justification, que de vous exposer ma conduite avec la franchise d'un militaire qui parle à ses chefs en même temps qu'il parle à ses juges.

« ..... Un témoin a déposé que j'avais l'air gai et délibéré avec Mme Rigau. Chargé d'une mission pénible, je n'ai pas cru devoir aggraver la douloureuse position de Mme Rigau par des formes dures et grossières : Dans l'arme de la gendarmerie la politesse n'est point incompatible avec la fermeté... »

« Le conseil a condamné le général Rigau, absent et contumax, à la peine de mort et aux frais du procès, et a déchargé le capitaine Thomassin des accusations portées contre lui. »

195. — PROCÈS DU MARÉCHAL DE CAMP BARON DEBELLE, officier de la Légion d'honneur, contenant les pièces du procès, le plaidoyer de Me Berryer, les conclusions du rapporteur, le discours du général Debelle, le jugement qui

le condamne à la peine de mort, et la commutation de cette peine en une détention pendant dix ans. Précédé d'une notice historique sur ce général. — 36 p. in-8°, Paris, chez Plancher, Eymery et Delaunay, 1816.

« Après avoir combattu longtemps avec honneur sous les bannières françaises, le général Debelle mérita d'être disgracié par Bonaparte, dont l'honorable haine le dépouilla de toutes ses distinctions. Le général Debelle vécut, pendant le temps que dura sa disgrâce, dans sa retraite de Voreppe, où il cultiva l'amitié des personnes les plus distinguées de Grenoble.

« ..... Debelle embrassa la cause de Louis XVIII avec ardeur ; mais, lors du retour de Buonaparte, de malheureuses circonstances le forcèrent à servir un chef dont il détestait la personne et la conduite. Les pièces du procès expliquent assez les motifs qui le dirigèrent. » (Notice historique, p. 2.)

« *Lettre du général Debelle* au prince d'Eckmülh, ministre de la guerre. — J'ai l'honneur de rendre compte à V. E. qu'en vertu des ordres de S. M. l'empereur, qui m'ont été donnés à son passage à Grenoble, j'arrivai à Valence le 10 courant, pour y prendre le commandement du département de la Drôme. »

« La tranquillité publique règne et n'a pas jusqu'à ce moment été troublée ; l'esprit des habitants en général me paraît entièrement dévoué à l'empereur..... Il est de la plus haute importance que vous daigniez mettre sous les yeux de

S. M. la position malheureuse des départements du Midi et de celui que je commande, qui est menacé de toutes parts, afin d'arrêter les progrès des rassemblements qui se forment à Nîmes, Montpellier, Avignon, etc. Le duc d'Angoulême commande ces masses..... » (P. 6.)

« *Interrogatoire.* — D. Quel jour êtes-vous allé à Grenoble ?

« R. Le 6 mars, ayant appris que Buonaparte devait arriver le 7, je me suis rendu à Grenoble chez le général Marchand ; je lui ai offert mes services pour le Roi ; il m'a dit qu'il ne pouvait pas m'employer, parce que je n'étais pas en activité..... Je n'ai vu ni Buonaparte ni aucun autre officier général. C'est le 9, à deux heures, que j'ai reçu l'ordre de Bertrand. J'ai été persécuté cinq ans par Buonaparte, je craignais sa vengeance ; et d'ailleurs je voulais suivre le parti du Roi.

« D. Puisque vous vouliez suivre le parti du Roi, comment avez-vous commandé le département pour l'usurpateur ?

« R. Dans l'intention de faire le bien et de servir la cause du Roi.

« Je dis au maire et au préfet que s'ils s'en allaient, Valence serait perdue et livrée aux factieux ; je leur dis d'exercer leur pouvoir dans l'intérêt du Roi, et que je me joindrais à eux pour maintenir l'ordre et la tranquillité.

« D. Exercer un pouvoir au nom de l'usurpateur, ce n'était pas agir dans les intentions du Roi.

« R. C'était agir pour le Roi, que de préserver le département de la guerre civile...

« D. Tous vos actes étaient dans le sens de l'autorité de Buonaparte. Mentalement vous pouviez avoir de bonnes intentions, mais tous vos actes physiques y étaient contraires.

« R. Il n'était pas dans mes principes de servir un homme qui m'avait disgracié sans motifs.....

« D. Vous aviez un moyen bien simple de ne rien faire contre votre devoir, c'était de quitter le commandement.

« R. Comment faire? Je n'ai aucune fortune; je ne possède au monde que mon honneur et mon épée. Où aller? Que devenir?

« D. Pourquoi n'avez-vous pas été rejoindre le duc d'Angoulême? »

« Le chef d'escadron *Viotti*, rapporteur, trouve que les assertions de l'accusé sont démenties par les pièces et par les procès-verbaux. Il n'accorde pas plus de confiance aux considérations morales invoquées par le général Debelle. S'il n'a pris le commandement du département que dans la vue du maintien de l'ordre et de la tranquillité, pourquoi a-t-il essayé de soulever toute la population des villes et des campagnes?... Il est dans la conduite du maréchal de camp Debelle des actions dont le principe est évidemment pur. Ces actions qui sont isolées n'excusent point le rôle criminel qu'il a joué dans les scènes déplorables de mars dernier. Ces faits sont empreints du caractère de la générosité; ils soulagent l'esprit du juge qu'a déjà trop fatigué l'examen d'une longue série d'actes criminels; mais ils sont isolés; ils laissent toute sa force à l'accusation ; ils ne désarment pas la main de l'inflexible justice. »

« *Mc Berryer*, défenseur :

« ..... Cet infortuné gentilhomme ne rapporte sous le toit modeste de ses pères, que son honneur et son épée, et le voilà confondu avec ces avides proconsuls que le torrent des conquêtes promena dans tous les royaumes de l'Europe, et qui en ont rapporté de honteuses richesses que, dans ces derniers temps, ils employèrent à soudoyer la révolte et la trahison.

« Non, ce malheureux et vertueux général, dont la famille fournit depuis cinq cents ans de fidèles appuis au trône, ne sera pas condamné sous le règne de notre bon Roi. Non, les dignes officiers français qui exercent la justice de ce prince ne condamneront point celui qui n'a fait que du bien, qui a prévenu tant de maux. Le cri de l'honneur ne s'élève pas contre lui dans sa conscience ; il doit s'élever dans les vôtres en sa faveur..... »

« Le conseil déclare : Oui, le maréchal de camp Debelle est coupable, et le condamne à la peine de mort, à être dégradé de la Légion d'honneur et aux frais de la procédure.

« ..... S. M. vient d'exercer un acte de clémence à l'égard du général Debelle, condamné à la peine de mort, commuée en une détention de dix ans. »

~~~~~~~~~~

196. — Procès du lieutenant général comte Bertrand, aide de camp de Buonaparte, contumax, contenant les pièces du procès, les conclusions du rapporteur et le jugement qui

condamne le général à la peine de mort. Précédé d'une notice historique sur ce général. — 16 p. in-8°, Paris, chez Plancher, Eymery et Delaunay, 1816.

« Le chef d'escadron *Viotti*, rapporteur :

« L'accusé Bertrand fut le principal complice de l'usurpateur dans l'attentat dont les effets pèsent si douloureusement sur nous. Il était l'interprète de ses pensées ; c'est par lui que Bonaparte faisait connaître ses volontés, intimait ses ordres et distribuait ses faveurs. Vous vous rappelez, Messieurs, que ce fut en vertu d'une commission signée Bertrand que le général Debelle alla prendre le commandement du département de la Drôme.

« En 1814, et avant de se mettre en route pour l'île d'Elbe, l'accusé Bertrand avait fait sa soumission au Roi ; il écrivit de la manière suivante à M. le duc de Fitz-James, qu'il chargeait de faire agréer cette soumission :

« L'empereur ayant abdiqué, je suis dégagé de
« toutes obligations ; j'acquitte en l'accompagnant
« la dette de la reconnaissance et de l'honneur.
« Je reste sujet du Roi et je serai son sujet fidèle.
« Dans aucune circonstance je ne veux me mêler
« des affaires politiques, je ne fus jamais un
« homme de révolution ni d'intrigue, et je mour-
« rai comme j'ai vécu, honnête homme et homme
« d'honneur... Vous pouvez affirmer que je ne
« m'écarterai point, quels que soient les événe-
« ments, de la ligne que je me suis tracée de mon
« devoir. »

« Cette lettre fait connaître la valeur que pre-
naient dans la bouche de certaines personnes ces
mots : honneur, devoir. Elle nous prouve qu'un
général que l'on nous donnait comme modèle de
toutes les vertus généreuses, ne s'est pas fait scru-
pule de se parjurer envers son souverain... Le
crime dont on vous demande la punition est celui
qu'a commis le général Bertrand, en portant les
armes contre la France et son légitime souverain. Et dans quel cas oserait-on solliciter aujourd'hui de votre justice un jugement d'absolu-
tion? Dans une circonstance où il s'agit d'une
attaque faite de guet-apens contre notre pays et
notre monarque; d'un attentat qui devait armer
contre ses auteurs la population tout entière et la
porter à courir sur eux comme sur des rebelles.

« Je conclus à ce que Henri-Gratien Bertrand,
lieutenant général, soit déclaré coupable d'avoir
porté les armes contre la France; d'avoir pris une
part active à l'entreprise de l'usurpateur, tendant
à renverser le gouvernement légitime. »

« Le conseil a condamné le général Bertrand à
la peine de mort. »

197. — PROCÈS DU GÉNÉRAL SIR ROBERT WILSON,
Michel Bruce, John Ely Hutchinson et autres,
compris dans l'accusation relative à l'évasion
de M. de Lavalette, contenant tous les interrogatoires, les débats, les discours des accusés,
le plaidoyer de Me Dupin et une relation

complète de l'évasion de M. de Lavalette depuis la Conciergerie jusqu'aux frontières de
France. Orné des portraits des trois gentilshommes anglais. — 155 p. in-8°, Paris, chez
Lhuillier, Delaunay et Pillet, 1816.

« ... La personne que Roquette prit pour la
dame Lavalette était vêtue d'une jupe noire, d'une
robe de mérinos rouge, garnie de fourrures. Elle
avait des gants blancs, une collerette sur les
épaules et sur la tête un chapeau noir à plumes
mélangées ; en un mot, elle avait exactement pris
le costume sous lequel la dame Lavalette avait
été introduite quelques heures auparavant dans la
chambre de son mari. Un mouchoir blanc cou-
vrait le visage de cette personne qui avait l'air de
sangloter, et la demoiselle Lavalette, qui marchait
à ses côtés, poussait des cris lamentables. Tout
offrait, dans cette scène de roman, le spectacle d'une
famille livrée au déchirement d'un dernier adieu.»
(Accusation, p. 27, M. Bellart, procureur général.)

« Il se trouvait alors à Paris une foule d'étrangers, et parmi eux quelques hommes imbus de
cette doctrine anti-sociale qui agite l'Europe depuis un demi-siècle, et qui a produit des fruits si
amers en France; ennemis par principes de toute
idée d'ordre et de légitimité; ennemis du pouvoir
des rois et du repos des peuples; ennemis de la
justice, qui est la base de l'une et de l'autre; de
pareils hommes, en guerre avec leur propre gouvernement, ne peuvent respecter le nôtre.....

« Entre eux se distinguaient Michel Bruce, gentilhomme anglais, qui s'était déjà signalé par son zèle ardent pour le maréchal Ney, et Robert Thomas Wilson, officier, général major anglais, en non-activité, qui avait montré la même prédilection pour le maréchal et qui depuis avait reporté tout son intérêt sur Lavalette ; parce qu'il paraît que c'est un système bien arrêté entre certains hommes, de protéger, de recueillir avec soin et de conserver précieusement tous les instruments du crime et du désordre. C'est à la protection de ces étrangers que Lavalette eut recours. » (Accusation, p. 43.)

« *Le président* (M. le conseiller Desèze fils), au gendarme Frerel, témoin : Pourquoi ne vous êtes-vous pas revêtu de votre habit d'uniforme pour vous présenter dans cette audience solennelle, devant les ministres de la loi ?

« *Frerel.* — Mon habit d'uniforme était en mauvais état, je l'ai donné à raccommoder.

« *Le président.* — Un habit de militaire est toujours beau. » (Procès, p. 77.)

« *M. Hua*, avocat général : Un condamné à mort s'est dérobé au supplice, il a franchi les portes de sa prison et les frontières de la France. Heureux si, en fuyant la justice, il a fui les remords, s'il a trouvé un lieu où il puisse dire : « Je suis tranquille, » et montrer à découvert un front que la foudre judiciaire a frappé.

« ..... Madame Lavalette a sauvé son mari par un de ces travestissements usités pour le plaisir et consacré cette fois à l'infortune.

« Le condamné, habillé en femme, est sorti
sous la conduite du gardien lui-même, de l'honnête et crédule concierge qui lui donnait la main.
Les portes se referment sur madame de Lavalette,
restée à la place de son mari. Que de bonheur
pour elle ! » (P. 84.)

« La première partie de cette affaire s'entend
bien : tous les faits ont une physionomie connue,
ils ressemblent à ce que l'on voit partout : une
femme qui sauve son mari, un gardien qui s'en-
dort, un autre qui se laisse corrompre, un domestique qui se dévoue pour son maître, un malheureux mercenaire qui se jette sur l'appât d'un
salaire trop exorbitant ; tout cela se trouve non
pas dans le principe, mais dans le dérèglement,
dans l'égarement des passions et des affections des
hommes. » (P. 87.)

« *M*ᵉ *Claveau*, avocat du guichetier Eberle,
emploie cette locution : *M. de Lavalette.* M. le
président l'interrompt et lui dit : Mᵉ Claveau, je
vous fais observer que Lavalette a été condamné
et exécuté en effigie ; veuillez donc vous servir
devant la cour de la locution reçue et dire : *Le
condamné Lavalette.* » (Procès, p. 92.)

« *M*ᵉ *Mauguin*, défenseur du domestique Bon-
neville : ... Au milieu des désastres publics, du
flux et reflux des passions, de l'oubli de tous les
principes d'honneur et de loyauté (funeste résultat
de nos troubles civils), une femme a donné à notre
sexe l'exemple des vertus et du courage. Elle
trompe les cent argus qui jour et nuit font senti-
nelle à la porte des prisons. La hache prête à

frapper est restée suspendue. La loi perd sa
victime. Au milieu des crimes de toute espèce,
l'homme de bien trouve un trait de vertu sur lequel il se repose, et l'on rend un public hommage
à la piété conjugale. » (P. 96.)

« *M⁰ Dupin*, défenseur des gentilshommes anglais : ..... A Athènes, dont le peuple est cité pour
sa légèreté, mais dont l'aréopage fut cité pour sa
justice, un jeune homme fut condamné à mort
pour avoir tué une colombe qui, poursuivie par
un épervier, était venue se réfugier entre ses jam-
bes. On jugea que celui qui était sans pitié ne
serait jamais un bon citoyen.

« Et chez nous, au dix-neuvième siècle, on ver-
rait des hommes condamnés pour avoir sauvé la
vie à un autre homme qui mettait son sort entre
leurs mains? » (Procès, p. 114.)

« *Le général Wilson :* Le caractère de M. Lavalette, avec qui je n'avais d'ailleurs aucune liai-
son particulière, m'avait inspiré un intérêt que je
croyais partagé par toutes les classes de la société
en France. Les sacrifices pénibles, le dévouement
intéressant, l'audace si sagement calculée de madame Lavalette m'avaient singulièrement augmenté cet intérêt. Où est l'homme qui aurait pu
voir, sans peine et sans regret, le bonheur et la
gloire de cette femme vertueuse et pour toujours
illustre, se terminer en infortune et en désolation ?

« L'appel fait à notre humanité, à notre caractère personnel, à notre générosité nationale, la
responsabilité jetée sur nous de décider sur le

salut ou la mort d'un malheureux étranger, cet appel était impératif et ne permettait point de calculer ses autres titres à notre bienveillance.

« A la voix de ce même appel, nous en aurions fait autant pour un obscur inconnu, ou même pour un ennemi tombé dans le malheur..... »

« *M. Bruce.* — Un homme malheureux, frappé par la rigueur des lois, demande ma protection ; il montre de la confiance dans mon caractère; il met sa vie entre mes mains; il réclame mon humanité; qu'aurait-on dit de moi, si j'avais été le dénoncer à la police ? Qu'aurait-on pensé de moi, si j'avais refusé de le protéger?

« Je ne peux pas croire que le peuple français, si célèbre pour son humanité et pour son caractère chevaleresque, qui compte parmi ses rois un Henri IV, qui compte parmi ses chevaliers un Bayard, je dis qu'un tel peuple ne peut condamner un Anglais pour avoir sauvé la vie d'un Français. »

« La Cour a condamné Eberle à deux années d'emprisonnement; chacun des trois Anglais en trois mois d'emprisonnement et aux frais du procès. »

198. — Procès des auteurs et fauteurs de la conspiration de 1816 : Pleignier, Carbonneau, Tolleron, condamnés à avoir le poing droit coupé et la tête tranchée dans le mode prescrit pour le parricide; Charles, Lefranc, la femme

Picard, Desbaunes, Dervin, Lebrun, Warin et Lascaux, condamnés à la déportation hors du territoire continental ; Sourdon, Descubes, Gouneau, Philippe, condamnés à dix années de réclusion ; Henri Oseré et Bonnassier père à huit années ; Bonnassier fils à six années et Jacques Oseré à cinq années, au carcan ; Cartier à cinq années d'emprisonnement ; Emmanuel Oseré, Dietrich, Bellaguet, Lejeune, Drouot, Houzeau, Garnier, Plançon, acquittés. — 95 p. in-8°, Paris, Plancher, Eymery, Delaunay, libraires, 1816.

« Dès le mois de février dernier, des hommes déjà connus par leur esprit séditieux, des chefs de la fédération de 1815, quelques échappés des clubs et des comités révolutionnaires, nés pour la plupart dans la lie du peuple, poussés au crime par la misère et échauffés sans doute par les instigations de personnages plus importants, conçurent le projet horrible de faire périr le Roi, la famille royale et de renverser le Gouvernement.

« Ils convinrent de faire des cartes d'une forme particulière, qui seraient distribuées aux associés comme signe de reconnaissance et moyen de dénombrement, d'imprimer une espèce d'adresse ou de proclamation qui disposerait les esprits à un mouvement, indiquerait l'existence et le but de la conspiration, et provoquerait la coopération de tous les ennemis de l'autorité royale. Les cartes et exemplaires de la proclamation devaient être

frappés d'un timbre sec, portant pour inscription :
Union, Honneur, Patrie, et il fut décidé que les
associés prendraient le nom de *Patriotes de
1816.* » (Acte d'accusation, M. Bellart, procureur
général.)

« *M....*, avocat général :

« Des misérables s'étaient promis le pillage, la
dévastation et l'embrasement de la France. Ils se
disaient : « Notre succès est certain ; on ne nous
trouve nulle part, et nous sommes partout, nous
sommes impénétrables ! » Et déjà une main in-
visible tenait le fil de leur odieuse trame, le glaive
des lois était suspendu sur leur tête, et la Providence, qui n'aveugle le crime que pour mieux le
punir, allait faire tomber ses foudres.

« Comment des hommes du plus bas étage ont-
ils pu s'élever à de si vastes conceptions ? Comment des corroyeurs, des bottiers, des écrivains
publics, se sont-ils flattés de devenir les arbitres
de nos destinées ?

« C'est l'effet ordinaire des révolutions de dé-
placer les hommes, d'exalter les passions et de
confondre toutes les idées. Dans ce flux et reflux
de vicissitudes, on voit des hommes passer d'un
réduit obscur sous les lambris de l'opulence, et
s'élancer des derniers rangs au faîte du pouvoir.
L'émulation s'éveille, le désir s'enflamme, la raison s'égare, et l'on se flatte de parvenir où d'autres sont arrivés.

« Voilà l'histoire des ambitieux et tout le secret
de cette conspiration. »

« *M. Mauguin*, avocat de Pleignier :

« Pleignier est sinon en démence, du moins dans un état moral qui en approche. Il a composé un écrit insensé ; mais peut-on dire qu'il soit l'auteur d'une conspiration ?

« Quelles étaient ses ressources en finances ? Il était ruiné. Quelles étaient ses armes, ses munitions ? Un tranchet, peut-être. Et pourquoi ? parce qu'un édit a changé la forme des bottes ? Voilà ces projets qui, en eux-mêmes, n'inspireraient peut-être que la pitié, si leur nature n'avait pu inspirer quelque effroi. »

199. — PROCÈS DU CONTRE-AMIRAL COMTE DURAND DE LINOIS, gouverneur de la Guadeloupe, et de l'adjudant-commandant baron Boyer de Peyreleau, commandant de la même colonie, tous deux prévenus de s'être rendus coupables de crimes prévus par le Code pénal militaire. Suivi du jugement, de la mise en liberté de l'amiral de Linois, et de la condamnation à la peine de mort de l'adjudant-commandant Boyer. — 93 p. in-8°, Paris, chez Plancher, Eymery et Delaunay, 1816.

« Le 24 mars 1815, M. le comte de Lachâtre, ambassadeur en Angleterre, transmet à M. le contre-amiral de Linois, gouverneur de la

Guadeloupe, l'ordre formel de conserver à S. M. le dépôt de cette colonie.

« Le 2 mai, le contre-amiral Linois en accuse la réception et proteste de sa fidélité et de son dévouement à S. M.

« Le 18 juin, M. le colonel Boyer, commandant en second, se porte de la Pointe-à-Pitre à la Basse-Terre, fait battre la générale, arbore le pavillon de l'usurpateur, se met en révolte contre son chef, se porte avec sa troupe au gouvernement et donne l'ordre d'arrêter les principaux administrateurs de la colonie.

« Le 19 juin, M. le contre-amiral Linois, oubliant ses devoirs et ses promesses, publie une proclamation au nom de l'usurpateur et se range sous sa bannière.

« Le même jour, il refuse les secours que lui offre l'amiral Durham, de concert avec le comte de Vaugiraud, pour le maintien de l'autorité royale.

« Le 29 juin, M. le gouverneur général prononce la destitution du contre-amiral Linois et du colonel Boyer; son autorité est méconnue, et le 8 juillet, le contre-amiral Linois publie et fait insérer dans la gazette de la colonie une proclamation contre son chef..... » (Rapport au Roi, le 29 décembre 1815. — Le vicomte Dubouchage, ministre de la marine.)

« Le colonel *de Sesmaisons*, rapporteur du conseil de guerre de la 1re division militaire :

« Un amiral s'était acquis au milieu des tourmentes de la révolution une belle renommée ; il avait soutenu, plus heureusement qu'aucun autre,

l'honneur du pavillon français. Il est homme de
loyauté et de courage, le roi le nomme gouverneur de la Guadeloupe... C'était l'amiral Linois.
M. le baron Boyer de Peyreleau est nommé commandant en second.

« De quelle impression n'a-t-on pas à se défendre, et quelle force ne faut-il pas aller puiser dans
le devoir pénible qui nous est imposé, quand nous
contemplons l'abaissement d'une grande réputation à laquelle nous allons porter une atteinte
toujours funeste !

« Que de souvenirs honorables assistent aussi
M. Boyer dans cette lutte terrible et si dangereuse
pour lui. Oui, messieurs, il fut un temps où
M. Boyer honorait le caractère militaire français,
non-seulement par ses talents, mais encore par
ses vertus. Les colonies lui avaient voué une estime et une confiance que, hélas ! il n'a pas em-
ployées pour conserver la Guadeloupe au Roi. »

« *M⁰ Gairal*, défenseur de l'amiral de Linois :

« M. de Linois n'a pu se rendre coupable ni de
révolte ni d'insubordination en reprenant l'autorité le 19, à la Guadeloupe, lorsque depuis la
veille le gouvernement royal n'existait plus dans
cette île. En consentant à se revêtir de l'autorité,
il n'a fait que céder aux sollicitations les plus
pressantes et à la crainte de voir s'opérer la ruine
de la colonie. Sa conduite n'a pas eu d'autre but
que le bien public et le service du Roi. En conséquence, il ne peut être passible d'aucune peine.

« Le colonel *Boyer :* Je ne crains point la mort,
messieurs, je l'ai souvent affrontée de sang-froid ;

mais je chéris l'honneur, et je serais au comble de mes vœux, si quelque jour il m'était donné de réparer un instant d'erreur, et de prouver à mon Roi que j'ai conservé, au fond de mon cœur, tous les sentiments d'un fidèle sujet. »

« Le conseil déclare, à l'unanimité, que le contre-amiral de Linois n'est pas coupable, et ordonne qu'il soit mis en liberté.

« Le conseil déclare que Boyer est coupable et le condamne, à l'unanimité, à la peine de mort. »

200. — Précis historique de la vie et du procès du maréchal Ney, duc d'Elchingen, prince de la Moskowa, ex-pair de France, avec des notes et particularités curieuses sur sa carrière politique, militaire, ses derniers moments et les campagnes de Portugal et de Russie, par J.-J. C***, membre de plusieurs académies. — 76 p. in-8º, Paris, J.-G. Dentu, 1816.

Épigraphe :

Tout couvert de lauriers, craignez encor la foudre.

(Corneille.)

« Le maréchal Ney prit la parole et dit avec véhémence : « Oui, messieurs, je suis Français et je mourrai Français. Jusqu'ici ma défense a paru libre ; je m'aperçois qu'on l'entrave. Je remercie mes défenseurs de ce qu'ils ont fait, de ce qu'ils sont prêts à faire encore. Je préfère qu'ils cessent

de me défendre, plutôt que de me défendre im-
parfaitement. Je suis accusé contre la foi des traités, et l'on ne veut pas que je les invoque! J'a-
bandonne ma défense; comme Moreau, j'en appelle à l'Europe et à la postérité. »

« Après quelques observations de M. le procureur général, le chancelier invite de nouveau les
défenseurs à plaider sur les faits.

« Je le leur défends, dit le maréchal Ney, à
moins qu'ils n'aient la faculté d'employer tous
les moyens qui sont en leur pouvoir; autrement
la Chambre peut me juger; j'abandonne ma défense. »

201. — Procès de Charles de Labedoyère, ex-
colonel du 7ᵉ de ligne, contenant, avec le portrait du condamné, tous ses interrogatoires,
son discours, celui de son avocat, les réquisi-
toires du ministère public devant les deux
conseils, les jugements rendus, la supplique
de Mᵐᵉ de Labedoyère et la réponse du roi,
les dernières paroles du condamné, en un mot
le récit de tout ce qui s'est passé depuis son
arrestation jusqu'à sa mort. Précédé d'une
notice historique sur ce militaire et sur sa
famille. — 116 p. in-8°, Paris, Patris, impri-
meur-libraire, septembre 1815.

« M. le maréchal de camp Devilliers déclare

que le 7 mars, comme il passait la revue des troupes à Chambéry, on vint l'avertir que le 7ᵉ de ligne sortait de Grenoble, et marchait au-devant de Bonaparte sous les ordres du colonel Labedoyère, qui criait : *Vive l'empereur! en avant, mes amis!* M. Devilliers courut aussitôt sur les pas des déserteurs, et en fit rétrograder une centaine. Mais arrivé à la tête du corps, ses ordres, ses prières, ses menaces furent inutiles. Il fit sentir à l'accusé l'énormité du crime qu'il commettait : l'accusé n'écouta pas ses sages remontrances, et résista même aux ordres de cet officier général. »

« Le chef de bataillon *Viotti*, rapporteur :

« Les habitants de la ville le virent rentrer vers les huit heures du soir, toujours à la tête de son régiment, et précédant Napoléon Bonaparte. Une aigle, dont Labedoyère s'était muni, servait déjà d'enseigne au régiment.....

« Je conclus à ce que Charles de Labedoyère soit déclaré coupable de trahison et de rébellion. »

« *Le prévenu :* Je conviens de tous les faits qui me sont imputés. Ils sont à la connaissance de tout le monde. Je le confesse avec douleur, en jetant les yeux sur ma patrie, mon tort est d'avoir méconnu les intentions du Roi, et son retour m'a bien dessillé les yeux.

«... Je vois toutes les promesses remplies, toutes les garanties consacrées, la constitution perfectionnée, et les étrangers verront encore, je l'espère, une grande nation de Français réunis autour de leur Roi. Peut-être ne suis-je pas destiné à jouir de ce spectacle; mais j'ai versé mon sang pour ma patrie, et j'aime à me persuader que ma mort, précédée de l'abjuration de mes erreurs, pourra être de quelque utilité; que mon souvenir ne sera pas en horreur, et que quand mon fils sera parvenu à l'âge de servir son pays, on ne lui reprochera pas mon nom. »

« Le conseil déclare, à l'unanimité que le prévenu est coupable et le condamne à la peine de mort.

« Le condamné s'étant pourvu en révision, le deuxième conseil a déclaré à l'unanimité que le jugement était confirmé et qu'il aurait sa pleine et entière exécution.

X

202. — Opinion de M. Laffitte, député de la Seine, sur le projet de loi relatif aux finances pour 1817, prononcée à la séance du 10 février 1817. — 37 p. in-8°, imp. de Bossange.

« Le sentiment du devoir me détermine à paraître pour la première fois à cette tribune.....

« Pour se rendre compte des moyens de finance, et pour bien connaître ce que notre situation nous oblige à demander au crédit, et ce que nous pouvons en obtenir, il faut que toutes les charges soient bien connues, et que les moyens proposés pour s'en libérer soient bien appréciés. Par là seulement nous pouvons décider si les uns sont en proportion avec les autres, et si nous pouvons nous abandonner avec confiance au système de crédit tel qu'il nous est présenté.

« Je commence par l'énumération des charges.

« Le projet de budget établit un déficit de 314,290,154 francs.

« M. le ministre propose de combler ce déficit par la création de 30 millions de rentes.

« Mais les 314 millions, en supposant qu'on pût les obtenir par la négociation de 30 millions de rentes, ne suffiront pas à la totalité de nos besoins. » (P. 2.)

« ... Le trésor, pour assurer le service d'une seule année, devra nécessairement chercher à obtenir de la confiance publique, d'abord 314 millions par la vente de 30 millions de rentes, et puis 95 millions par d'autres moyens de crédit.

« Ce sera donc, non pas 314 millions comme on l'annonce, mais environ 409 millions qui devront se transporter, dans une seule année, des mains des capitalistes dans les caisses du trésor. » (P. 4.)

« C'est en matière de crédit que cette maxime populaire s'applique dans toute sa force : *qui paye ses dettes s'enrichit;* il y a plus de véritable science financière dans ce peu de paroles, qu'on n'en trouve souvent dans les plus volumineux traités. » (P. 11.)

« Il faudrait, d'après les calculs qui sont présentés, obtenir de la confiance publique :

261 millions en . . . 1818
253 — . . . 1819
et 254 — . . . 1820

« Il faudrait obtenir des sommes aussi considérables dans l'état où se trouve la France, à la suite de deux invasions de toutes les armées de l'Europe, à la suite de l'inclémence d'une saison qui a détruit toutes les espérances, et qui ne permet pas de compter sur la rentrée de tous les impôts.

« Conçoit-on la possibilité de semblables opérations ? Les conçoit-on du moins avec les moyens qui nous sont présentés, et dans la situation où l'on suppose que nous serons maintenus ?

« Le besoin de la confiance est dans mon cœur ; mais le devoir m'ordonne de dire la vérité tout entière.

« La France ne peut supporter à la fois, et les charges étrangères qui pèsent sur elle, et les charges dévorantes de sa propre administration.

« La France ne peut remplir ses engagements envers les étrangers que par des moyens de crédit, et la présence de 150,000 étrangers maîtres de nos frontières est un obstacle au succès des moyens de crédit.

« Lorsque le Roi a ordonné la plus sévère économie dans toutes les parties de l'administration, lorsque la misère publique appelle à grands cris cette économie, on doit s'étonner de ne pas voir présenter, en première ligne des moyens de crédit, une réduction considérable dans les dépenses. » (P. 25.)

« Il me paraît impossible que les puissances étrangères, frappées comme nous de la position déplorable dans laquelle se trouvent nos finances, ne soient pas disposées à apporter une diminution aux charges extraordinaires qui pèsent sur la France.

« Fallût-il ne voir en elles que leur qualité de créancières, il est évident que leur intérêt n'est

point d'écraser leurs débiteurs par des frais inutiles, et de dévorer ainsi leur propre gage.

« On peut donc se flatter que le gouvernement
français obtiendra, dès aujourd'hui, l'éloignement
de ces troupes, dont la présence ajoute une dépense si considérable à des charges si difficiles à
supporter; en supposant que l'armée d'occupation
fût diminuée, cette année, de 30,000 hommes seulement, le déficit se trouverait de 30 à 35 millions. »
(P. 25.)

« ..... Pour que le gouvernement représentatif
ait une véritable existence, pour qu'il ne se borne
pas aux vaines formules d'un stérile cérémonial,
pour qu'il assure au monarque et au peuple tous
les avantages que l'un et l'autre doivent en obtenir, il faut qu'il porte sur le ressort de l'opinion publique. Or, rien n'est plus propre que les
opérations de crédit à rendre l'opinion publique
attentive, influente et facile à constater. » (P. 33.)

« Pour mériter et conserver les faveurs du crédit, il faut répandre un sentiment général de sécurité, de satisfaction, et abandonner entièrement
à l'histoire ce qui désormais n'appartient qu'à
elle seule..... Séparer le passé du présent par une
profonde démarcation, en ne voyant dans l'un
que les leçons de l'expérience, en n'appliquant à
l'autre que les combinaisons d'une politique supé-
rieure aux idées étroites de l'esprit de parti, tel
est le vœu de la France. Elle honore de son suf-
frage chacun des ministres conseillers du trône,
en proportion du courage qu'elle lui suppose pour
avancer dans cette direction, la seule qui puisse

nous conduire aux sources de la prospérité publique..... » (P. 36.)

~~~~~~~~~~~~

203. — CHAMBRE DES PAIRS. Opinion de M. le
maréchal duc de Tarente sur le projet de loi
relatif à l'organisation des colléges électoraux.
— 18 p. in-8°, imp. de P. Didot l'aîné.

« L'article XL de la Charte veut que tout Français, pour être électeur, soit âgé de trente ans au
moins, et paye une contribution directe de
300 francs...

« Les tableaux fournis par le ministère de l'intérieur évaluent leur nombre à 100,000 à peu
près, et voilà, suivant les adversaires de la loi,
des bataillons, des légions, des armées d'électeurs...

« On paraît redouter les flots d'électeurs, et
moi j'appréhende, avec plus de fondement, que la
tiédeur, l'indifférence, la paresse, l'économie con-
courant avec les causes diverses indiquées dans
la nomenclature que je viens d'établir, ne rendent
les colléges électoraux trop peu nombreux.» (P. 6.)

« On feint de craindre que ces nombreuses
réunions d'électeurs ne soient des occasions de
désordre. Mais un cinquième seulement sera con-
voqué à la fois, et la sage répartition des départements entre les séries rend ces craintes aussi pué-
riles que chimériques. J'admets toutefois l'exemple
de la dissolution de la Chambre des Députés,
et conséquemment la convocation de tous les

Colléges du royaume. Je suis tout aussi rassuré dans ce cas que lorsque le cinquième seulement sera réuni, parce que ces électeurs ne peuvent s'occuper que de l'objet de leur convocation, que tous les citoyens sont intéressés à la tranquillité, et que la force publique, soumise à l'autorité du Gouvernement, est assez puissante pour la maintenir.

« Ne voyons-nous pas au surplus journellement de plus nombreux rassemblements ? Les marchés, les foires, les assemblées, les réunions dans les temples, les fêtes publiques ? Et ils ne donnent pourtant aucune inquiétude, parce que là il n'y a point d'élections, par conséquent point d'intérêt personnel, et que d'ailleurs on sait très-bien que sur tous les points, dans les grandes comme dans les petites villes, il y a un besoin général de repos, et que l'action des autorités locales suffit pour l'assurer.

« Pourquoi toujours des méfiances et des craintes ? » (P. 8.)

« Cette loi est juste, bonne, nécessaire, nationale, et surtout indispensable, ainsi que l'a dit l'éloquent rapporteur de la Commission.

« *Juste*, parce qu'elle est une conséquence de la Charte ;

« *Bonne*, parce que l'on ne peut en avoir une plus conforme à cette Charte ;

« *Nécessaire*, parce que tous les contribuables de 3oo francs réclament leur droit d'électeurs ;

« *Nationale*, parce qu'elle comble la juste attente des institutions constitutionnelles ;

« *Indispensable*, parce que la France manifeste

le plus grand désir le plus pressant besoin de se
rallier à son Roi, et de se rattacher au Trône de
la légitimité comme à son ancre d'espérance et **de**
salut. »

~~~~~~~~~~~~~

204. — DES FONDS DU MINISTÈRE DE LA GUERRE
et de la solde actuelle des troupes en France.
Budget de 1817. — 15 p. in-8°, imprimé à
Grenoble.

« *Du soldat*. — La solde du sous-officier et du
soldat est aujourd'hui insuffisante pour pourvoir
aux plus pressants de leurs besoins, *pour manger*
enfin, puisqu'il faut trancher le mot. La vie du soldat est une vie de privations : il a eu faim dans les
derniers mois de 1816 ; il éprouvera de plus
grands besoins encore en 1817. Il est indispensable de lui accorder une augmentation momen-
tanée de solde ; et pourquoi ne l'obtiendrait-il
pas ? Que le ministre de la guerre fasse un tarif
nouveau et plus élevé, et qu'il ordonne qu'on le
suive exactement, lorsque le prix du pain et des
légumes sera au-dessus du taux auquel s'élèvent
ces denrées dans les saisons ordinaires ; alors seulement le soldat pourra vivre.

« Pourquoi sa misère n'exciterait-elle pas la
sollicitude de la Chambre ? Une contrée est-elle
frappée de quelques fléaux ? Un département
éprouve-t-il quelques désastres ? La misère atteint-
elle quelques classes dans la société ? La population en général souffre-t-elle par suite des

intempéries des saisons ? A l'instant la sollicitude
des autorités appelle sur ces malheurs toute l'attention du gouvernement ; aussitôt les ministres
prodiguent les secours les plus abondants et pro-
voquent même jusqu'à la générosité du monarque.

« On ne veut donc pas réfléchir que lorsque la
population ne peut atteindre le haut prix des
denrées de première nécessité, le soldat souffre
autant qu'elle de leur renchérissement, qu'il ne
peut vivre, qu'il éprouve une misère d'autant
plus grande que ceux qui en sont les malheureux
témoins ne peuvent rien pour la diminuer, et que
la pitié qui s'émeut si facilement pour tous les
autres genres de souffrances, ne pense jamais à
s'occuper un instant de la détresse du soldat. »
(P. 8.)

« Il faut nécessairement améliorer le sort des
lieutenants et des sous-lieutenants, si l'on veut que
les grades accordés aux sous-officiers à titre de
récompense et d'encouragement ne deviennent
pas pour eux un fardeau insupportable ; s'ils ne
sont pas mieux payés, il leur faudra bientôt plus
de dévouement pour accepter ces grades qu'il
ne leur aura fallu de mérite pour les obtenir.

« Ils ont vécu vingt ans de cette manière ;
pourquoi, dira-t-on, ne continueraient-ils pas à
vivre de même? Alors les trésors des nations nous
étaient ouverts, l'officier vivait aux dépens de
l'étranger, et sa solde même n'était plus pour lui
qu'un accessoire. » (P. 10.)

« Il y a vingt-trois divisions militaires en France
et partant vingt-trois lieutenants généraux pour

les commander. Quand on réfléchit que la totalité du traitement de ces officiers généraux n'équi-
vaut pas à la moitié de celui d'un préfet de la dernière classe, et se trouve inférieur aux appointe-
ments du moindre administrateur général ou directeur des services civils, on ne peut expliquer
cette inconcevable fixation. » (P. 11.)

« 1° Augmenter momentanément la solde des
sous-officiers et soldats.

« 2° Améliorer promptement le sort des lieutenants et des sous-lieutenants de toutes armes.

« 3° Ramener les traitements des grands fonctionnaires au taux de leurs institutions, et surtout
réduire tous ces frais de bureaux, source des plus
grands abus, et enfin opérer une réforme générale
dans cette multitude d'emplois inutiles qui ne
furent établis par Buonaparte que pour se faire
une armée de créatures. » (P. 15.)

~~~~~~~~~

205. — DERNIÈRES RÉFLEXIONS SUR LE PROJET
D'EMPRUNT, ou réponse à un article anonyme du
Moniteur, par M. CASIMIR PÉRIER, banquier.—
34 p. in-8°, de l'imp. de Bailleul, Paris, 1817.

Au haut de la première page, à la main :
« *de la part de l'auteur.* »

« Note du *Moniteur :* L'auteur d'un écrit intitulé *Réflexions sur le projet d'emprunt* disserte
ingénieusement et au hasard. L'opération dont il
parle lui est inconnue.....

« M. Périer se recrie contre un emprunt *à l'é-
tranger*. Dans ces derniers temps l'usage s'en est
généralement établi ; il n'y a pas de gouvernement
qui ayant à former un emprunt ne l'ait négocié
soit en Angleterre, soit à Amsterdam, soit à
Hambourg, avec des compagnies accréditées dans
ce genre de spéculations.

« Jusqu'à présent on ne s'est jamais avisé de
censurer de telles négociations...

« L'auteur des Réflexions s'épuise en raisonne-
ments qui semblent bien hasardés sur l'*intérêt*
qu'on paye à des prêteurs étrangers. *L'intérêt*,
dit-il, *est une véritable perte de substance.*

« ..... Les conseils d'un banquier sur cette matière peuvent être fort bons ; mais, il me semble
qu'en tout état de cause la gravité de ces discus-
sions demanderait une forme plus décente et moins
indiscrète que celle d'une censure vulgaire.

« M. Périer pense qu'il serait facile de faire en
France un emprunt de 200 millions dans l'année.
Je souhaite que cette opinion, qui n'est qu'une
conjecture, soit fondée. »

Réponse de M. Périer.

« ..... Un pays ne s'enrichit point par l'argent
qu'on y apporte, mais par l'industrie qu'on y
développe, par les richesses qu'on y crée. »
(P. 11.)

« Mon antagoniste ne me pardonne point d'a-
voir osé soupçonner qu'on pourrait économiser
annuellement cent millions. Il ne veut pas souffrir que je puisse écouler en France 10 millions
de rente, au cours auquel il compte en placer

30 millions à l'étranger. Sans être trop confiant, il me semble qu'il doit être permis, en matière d'emprunt, d'admettre la maxime qui peut le plus peut le moins, et j'ai voulu prouver la possibilité d'offrir la préférence aux prêteurs nationaux. » (P. 19.)

« ... Dans un temps où la France, plus étendue, offrait plus de ressources et exigeait plus de dépenses ; dans un temps où nous avions à entretenir les digues de la Hollande, à creuser le port d'Anvers, à construire tant de monuments, à soutenir contre toute l'Europe des guerres sanglantes et ruineuses, dans ces temps si féconds en gloire et en malheurs, le budget ne s'élevait pas à 800 millions.

« J'espère que la malveillance ne s'emparera point du rapprochement qui se présente ici. Il est temps d'avoir le courage de nous approprier ce qui s'est fait de bien et de convenable depuis quinze ans ; c'est notre propriété, c'est notre ouvrage ; tout le mal appartient à l'homme qui n'est plus. Français, défendons notre honneur, si nous voulons sauver la France. » (P. 20.)

« J'allais encore, en envisageant notre position dans son ensemble, donner quelque développement aux moyens que je croyais propres à ranimer nos espérances et notre crédit, et présenter de nouveaux aperçus sur les ressources qui nous restent pour arriver au terme de ces quatre fatales années, qui est encore si loin de nous, lorsque j'ai lu le discours de M. Laffitte à la Chambre des Députés ; j'ai cessé mon travail aussitôt et je n'ai plus d'autre désir que de voir le sien médité, senti et adopté. Quel noble langage! Qu'ils sont doux pour les amis de leur pays ces accents de la raison, du patriotisme et du courage! Ce sont ceux qui conviennent sous un gouvernement légitime et paternel. Renonçons pour toujours à toutes ces formes adulatrices du despotisme et de l'usurpation. C'est avec de pareils principes, de pareils sentiments que nous soutiendrons notre courage, que nous rétablirons notre crédit, et que nous pourrons payer la dette du malheur. » (P. 30.)

206. — SUITE DE TABLEAUX PRÉSENTANT LE BUDGET DU MINISTÈRE DE LA GUERRE, en 1817. — Administration centrale. — Effectif et dépenses de l'armée. — État-major général. — État-major des places. — Administration. — Artillerie. — Génie. — Gendarmerie, etc., etc. — Entretien de l'armée d'occupation....

207. — NOUVEAU SYSTÈME DE FINANCES et projet de liquidation générale fondés sur la Charte, etc., par M. GABIOU, ancien notaire à Paris. — 286 p. in-8°, Paris, chez Pillet, imp.-libraire, 1816.

« A son retour d'Égypte, Buonaparte sentit que son premier soin devait être de relever la rente ;

mais comment en venir à bout? Il y parvint en
appelant à son aide la troupe des agioteurs. Il
leur ouvrit la porte de l'antre de la Bourse; ils
s'y précipitèrent à la vue du butin qu'il leur préparait; ils firent jouer leurs machines, et, de ce
moment, la rente remonta; elle devint une valeur
bien préférable à la propriété foncière, qui ne fut
plus qu'une charge entre les mains du grand
nombre. Il put s'en servir et la donner en paie-
ment à l'égal de l'argent même.

« Il ne s'en fit pas faute. Il se moqua alors de
tous les budgets, se livra à tous ses projets, fit à
la fin de chaque année autant d'arriéré qu'il voulut. Il n'eût pas trouvé à emprunter la moindre
somme. Il paya des sommes énormes qu'il devait
avec des rentes qu'il créa, souvent sans l'inter-
vention du Corps législatif et par un simple
décret impérial. Et l'on eut la bonté de croire que
l'arriéré était payé, que la France en était libérée.
Personne ne vit que ce mode de payement chargeait la nation; que c'était un emprunt forcé fait
sur elle, qui renversait tout le système des budgets annuels; qu'il n'y avait aucune raison d'espérer qu'on s'arrêterait jamais; et que l'abus si
facile d'une ressource si commode, après avoir
augmenté la dette au point de rendre les charges
insupportables, finissait par amener de nouvelles
banqueroutes. »

208. — LETTRE DE M.*** A M. le vicomte DE
CHATEAUBRIANT, où il est démontré que la

doctrine politique de ce pair de France tend à
détruire les fondements de la Charte. — 37 p.
in-8°, chez Delaunay et Pelissier, Palais-
Royal, 1816.

« Le ministère, selon vous, est un des quatre
« éléments de notre Gouvernement... Le minis-
« tère doit sortir de la majorité de la Chambre
« des députés, puisque les députés sont les prin-
« cipaux organes de l'opinion populaire... Le Roi
« doit laisser agir les ministres d'après eux-
« mêmes... Tout est l'œuvre du ministère... La
« Chambre des députés ne doit point souffrir que
« les ministres établissent en principe qu'ils sont
« indépendants des Chambres... Ils doivent tou-
« jours répondre, même sur les affaires d'admi-
« nistration; toujours venir quand les Chambres
« paraissent le souhaiter... Ils doivent être les
« maîtres des Chambres par le fond, et leurs ser-
« viteurs par la forme... Le ministère doit dis-
« poser de la majorité et marcher avec elle... Il
« faut que le ministère mène la majorité ou qu'il
« la suive... » Que d'inconséquences, que de con-
tradictions dans ce peu de mots! et cela pour nous
dire que le Gouvernement doit être dans les
Chambres. Je conçois, monsieur, que cette conclusion contenue implicitement dans votre ouvrage et qui s'accorde à merveille avec votre système, était difficile à articuler, et vous avez dû
travailler beaucoup pour la rendre claire sans
pourtant l'énoncer. J'admire tant de prudence
et de hardiesse la fois! L'établissement du

ministère consomme votre ouvrage. Le roi, dépouillé de l'initiative, obligé de choisir dans les
Chambres des ministres qui ne reconnaissent point
ses ordres et qui sont dans la dépendance de ces
mêmes Chambres, voilà un résultat dont vous
devez vous applaudir ! »

209. — Observations sur l'ordre de Malte,
à propos d'une réclamation adressée à la
Chambre des députés. Sans signature. — 8 p.
in-8°, imp. de Doublet.

« Pour se sentir mieux disposé en faveur de
l'ordre de Malte, qu'on se rappelle les jours de
l'adversité ; Malte sur son rocher, longtemps inaccessible, gardait alors un asile pour ses chevaliers
proscrits, pour les membres épars de la noblesse
française, pour les victimes de la fidélité; elle
usait du plus beau privilége de sa puissance, car
à cette époque, l'ordre n'était souverain que pour
être hospitalier; et c'est à Malte qu'aurait pu se
former dès lors (si la Providence l'eût permis) une
sainte et nouvelle croisade contre les ennemis de
l'autel et du trône ; il était réservé à l'un des ordres les plus anciens, de pratiquer les plus nobles
coutumes. Prier et combattre, telle est la devise
des chevaliers. Et que fallait-il, en effet ? Apaiser
le ciel et défendre les Rois; un gouvernement
oppresseur le sentit, et Malte devint le premier
but de son ambition et sa première conquête.

« Des raisons politiques ont fait depuis

disposer de l'île des chevaliers ; mais l'ordre
subsiste, il faut le maintenir ; tous les souverains,
et par cela même tous les peuples doivent souhaiter sa conservation, ils en ont pour conseillers
la justice et la reconnaissance. »

210. — Récit des grandes choses opérées sous
le règne de Louis XVI, par M. le marquis de
Vaquier-Simon, ancien officier des chevau-
légers de la garde ordinaire du Roi, colonel
de cavalerie, chevalier de l'ordre royal et militaire de Saint-Louis, auteur d'*Augusta*, roman moral, de *Théodore*, roman historique
et politique. — 92 p. in-8°, chez J.-G. Dentu,
1816.

Épigraphe :

Celui qui met un frein à la fureur des flots,
Sait aussi des méchants arrêter les complots.

« On trouvera dans cet ouvrage de généreuses
opinions politiques, dont la constante modération
a pour but de réunir tous les partis et d'éteindre
toutes les haines. Mais on peut y distinguer aussi
cette austérité de principes qui ne saurait compo-
ser surtout avec l'insatiable parti que rien ne peut
contenter, et particulièrement ce sentiment religieux qui ne croira jamais à un ordre de choses
durable, si le crime restait triomphant ou

considéré et la vertu malheureuse et dédaignée. »
(Introduction, p. iv.)

« Après un conseil auquel assistèrent plusieurs
généraux français, l'attaque du camp de Dumou-
riez fut résolue et tout annonça une action que les
émigrés attendaient avec tant d'impatience.

« O vous! qui avez tant calomnié l'émigration
française, en désignant toujours ceux qui la com-
posaient comme les ennemis de la France, si vous
étiez venus contempler leur attitude au moment
où, combattant pour elle et pour vous, ils ne dé-
siraient que de terminer ses maux, en détournant
des malheurs dont la plupart de vous ont été la
victime ; si vous étiez venus les contempler, vous
n'auriez pu reconnaître les ennemis de la patrie.
L'expression de leurs vues et de leurs sentiments
était écrite sur le front de tous ceux que vous
osâtes outrager. Chacun répétait avec enthou-
siasme : « C'est aujourd'hui que nous brisons les
fers de notre Roi et de son auguste famille! Dans
ce jour mille fois heureux nous soustrairons notre
chère patrie à l'infernale tyrannie des jacobins. »
(P. 56.)

« O coup fatal et imprévu! Au lieu de l'ordre
du combat, on reçut celui de la retraite! » (P. 59.)

---

211. — Rapport a la Chambre des députés fait
au nom de la commission centrale, par M. de
Bonald, député du département de l'Aveyron,
sur la proposition de M. Michaud, tendante à

13

voter des remercîments à tous ceux qui ont dé-
fendu le Roi et la royauté lors de la révolution
du 20 mars et durant l'interrègne. — 7 p. in-8°,
22 janvier 1816.

« Recevez un témoignage solennel de la reconnaissance publique, vous tous princes, nos chefs
par votre naissance, comme vous êtes nos mo-
dèles par vos vertus, vous prêtres, magistrats,
guerriers, citoyens de tout rang, de tout âge, de
tout sexe, qui par votre courage et votre cons-
tance avez consolé votre mère aux jours de son
veuvage et, en recouvrant votre père, lui avez
rendu son époux..... » (P. 5.)

« ..... Que nos neveux apprennent avec quelles
douleurs la France a enfanté son Roi et qu'ils restent à jamais fidèles à cette légitimité du pouvoir
hors de laquelle il n'y a plus à espérer pour la
France et pour l'Europe, ni bonheur public, ni
repos domestique. » (P. 6.)

212. — APPEL AUX GÉNÉRATIONS PRÉSENTES ET FU-
TURES, sur la Convention de Paris faite le
3 juillet 1815, par un officier général témoin
des événements. — 81 p. in-8°, imprimé à
Genève.

« L'attentat le plus atroce, celui qui provoque
l'indignation des âmes vertueuses, est le crime
de lèse-nation commis, à l'égard de la France,
le 3 juillet 1815. Je n'hésite pas d'accuser ceux

qui ont, par cet acte, consommé la ruine et la honte de leur pays. C'est à la fois soulager mon cœur brisé par la douleur et dire à mes malheureux compatriotes : « Français, souvenez-vous « que Rome devint la proie des Gaulois et des « flammes, et qu'elle ressuscita de ses cendres ! »

« Je mettrai sous les yeux du lecteur la situation de la France à l'époque du 3 juillet 1815. Je ferai connaître son génie, ses moyens de défense, ses ressources militaires ; ce qu'elle aurait pu être, dirigée par des hommes de bien, capables de sacrifier à l'intérêt général leur intérêt particulier... » (P. 2.)

« ... Le licenciement de l'armée est bien encore, de tous les actes des traîtres, le plus honteux à la fois et le plus désastreux.

« ... Quoique Richelieu, dont le nom est classique dans l'histoire de la cruauté, ait dit aux Chambres avec une joie féroce que « cette armée avait été décimée aux champs de Waterloo, » où tout le monde sait qu'il resta autant de vainqueurs que de vaincus, elle ne le fut réellement que derrière la Loire après son licenciement. Et c'est immédiatement après cet acte que parurent les proscriptions, la loi des suspects et les cours prévôtales de l'infâme duc de Feltre... » (P. 74.)

XI

213. — Marseille, Nîmes et ses environs en 1815, par un témoin oculaire. — 72 p. in-8°, Paris, chez les marchands de nouveautés, 1818.

Épigraphe :

Quæque ipse miserrima vidi.

« État de Marseille avant le 25 juin. — Portrait du maréchal Brune. — Troubles et massacres du 25 juin. — De Marseille à Nîmes. — État de Nîmes. — Mort du maréchal Brune à Avignon. — Troubles de Nîmes. — Arrivée de l'armée de Beaucaire. — Fin des troubles. »

214. — Lyon en 1817, par le colonel Fabvier, ayant fait les fonctions de chef de l'état-major du lieutenant du Roi dans les 7ᵉ et 9ᵉ divisions militaires. — 31 p. in-8°, Paris,

chez Delaunay, au Palais-Royal, 30 janvier
1818.

« Je cède au besoin d'empêcher que l'opinion
ne s'égare sur les véritables causes de l'horrible
tragédie qui a terrifié et ensanglanté une contrée
entière. » (P. 4.)

« La ville de Lyon et les communes qui l'en-
tourent avaient vu renaître le régime de 1793.
Comme alors, les hommes qui avaient le pouvoir
proclamaient que la *terreur seule* pouvait le faire
respecter, et n'agissaient que trop bien en conséquence de ce principe. Comme alors, la haine
avait pris la place de la justice, et tous les moyens
paraissaient légitimes pour écraser ceux qu'on
regardait comme des ennemis. » (P. 8.)

« Il me reste à jeter un coup d'œil sur le plus
déplorable, sur le plus odieux des moyens employés pour essayer de tromper le gouvernement
et la France, parce qu'il a entraîné des malheurs
irréparables, parce la justice elle-même en est
devenue complice, et que des malheureux ont
succombé dans le sanctuaire même où l'indépendance et les lumières des magistrats semblaient
leur promettre protection et justice.

« Il devenait essentiel, pour ceux qui avaient
proclamé l'existence d'un atroce et immense complot, que les malheureux de l'ignorance et de la
misère desquels on avait abusé, fussent jugés avec
la plus grande rigueur. La gravité des peines et le
nombre des condamnés parurent un moyen puis-
sant de faire croire à la gravité du crime et au
grand nombre des coupables. Par une fatalité que

je ne cherche point à expliquer, la cour prévôtale n'a que trop bien servi cette odieuse combinaison. » (P. 22.)

« ... Les arrêts ne ressemblaient que trop souvent à ces jugements *en masse*, qui nous rappellent une si terrible époque, et dans lesquels le seul point important était qu'ils continssent le nom des victimes (p. 28) ..... événements dont la France a été un instant la dupe, et le département du Rhône la déplorable victime. » (P. 28.)

215. — QUESTIONS ADRESSÉES A M. LE COLONEL FABVIER, ayant fait les fonctions de chef de l'état-major dans les 7ᵉ et 19ᵉ divisions militaires, sur son écrit intitulé : *Lyon en* 1817. Sans signature. — A Lyon, imp. de Boursy, chez les marchands de nouveautés, 1818, 20 p. in-8º.

« M. le colonel, en faisant l'apologie des insurgés, qu'il appelle *dupes ou victimes*, accuse l'autorité suprême et devient coupable d'abus de confiance envers M. le maréchal Marmont, et de lèse-majesté envers son Roi. » (P. 19.)

216. — RÉPONSE DE M. LE CHEVALIER DESUTTES, prévôt du département du Rhône, à un écrit intitulé : *Lyon en* 1817, par M. le colonel

Fabvier. — J.-G. Dentu, imprimeur, Paris, 1818, 46 p. in-8°.

Épigraphe :

Ab homine iniquo et doloso erue me.

« J'ai lu avec indignation la brochure du colonel Fabvier ; jamais attaque contre des autorités légitimes ne fut plus directe et plus audacieuse ; jamais accusation aussi atroce ne fut déférée à l'opinion publique. » (P. 3.)

« Ces événements me sont connus, j'ai cru qu'il m'importait d'en opposer le tableau aux dégoûtants mensonges, aux perfides accusations du colonel Fabvier..... » (P. 6.)

217. — RÉPONSE DE M. LE LIEUTENANT GÉNÉRAL CANUEL à l'écrit intitulé : *Lyon en* 1817, par le colonel Fabvier. — Paris, J.-G. Dentu, imprimeur, 1818, 57 p. in-8°.

« De tous les sentiments qui se sont élevés dans mon âme, en lisant le pamphlet intitulé : *Lyon en 1817*, par le colonel Fabvier, le seul qui y soit resté est celui de la pitié (p. 1). J'affirme sur l'honneur que cet écrit renferme les plus abominables calomnies.

« Quoi ! c'est à la face de cent cinquante mille témoins de ce qui s'est passé à Lyon, c'est à la face de toute la population d'un département qu'on a la hardiesse de dire que tout dans cette affaire est imaginaire! » (P. 2.)

« Ce n'est pas assez pour M. Fabvier d'exhaler sa bile contre les principales autorités de Lyon; le calomniateur n'épargne pas même les soldats du Roi..... » (P. 49.)

218. — Sur les événements de Lyon au mois de juin 1817, par M. le comte de Chabrol, ancien préfet du Rhône. — Paris, Adrien Eyron, imprimeur, 1818, 76 p. in-8°.

« Un écrit ayant pour titre : *De Lyon, en* 1817, vient de paraître. Il a été distribué avec une scandaleuse profusion. » (P. 1.)

« J'ai passé rapidement en revue toutes les allégations consignées dans un écrit qui fera époque dans les annales du scandale. J'ai rétabli les faits qui ont été dénaturés, repoussé ceux qui sont controuvés ; je suis convenu de ceux qu'on ne peut nier sans trahir la vérité. J'ai prouvé que le système qui veut faire du mouvement du 8 juin un mouvement controuvé, était démenti par tous les faits, par toutes les probabilités, par toutes les vraisemblances. » (P. 75.)

219. — La Vérité sur les événements de Lyon en 1817, réponse au mémoire de M. le colonel Fabvier, par M. le comte de Fargues,

maire de la ville de Lyon, membre de la
Chambre des députés. — A Lyon, chez Cham-
bet; à Paris, chez Delaunay, 212 p. in-8°.
Historique, 44 p.; pièces officielles, déclara-
tions, interrogatoires, 168 p.

« Qu'un homme obscur, séduit par l'espoir d'acquérir une honteuse célébrité, entraîné peut-être
par des motifs plus intéressés encore, eût consenti
à signer une brochure qui devait avoir le succès
du scandale, il n'y a rien là dont on dût s'étonner ;
mais qu'un officier français auquel on doit sup-
poser cette franchise et cette loyauté qui distinguent si éminemment nos braves....... n'ait pas
hésité à consacrer, par son rang et son nom, un
mémoire calomnieux et sans authenticité..... c'est
ce qu'il eût été impossible de concevoir si le colonel Fabvier n'en avait donné l'exemple. » (P. 4.)

220. — Parlerai-je encore de Lyon ? par
M. Crignon d'Auzouer, député du département du Loiret. — Paris, chez Michaud,
imp., rue des Bons-Enfants, 12 p. in-8°.

« Du concert unanime des rapports de toutes
les autorités, d'un grand nombre de faits allégués
et non contestés, d'une multitude de procédures
dont on a frondé la rigueur et non la régularité, il
résulte qu'il y a eu conspiration pour renverser
le gouvernement, immoler les autorités, massacrer

les royalistes. Il est avancé au contraire par
M. Fabvier, qu'il y a eu conspiration contre les
conspirateurs; qu'on a dénoncé des complots chimériques; que des ennemis du repos de la France,
qu'il ne nomme pas, ont abusé de la faiblesse des
chefs des administrations et se sont emparés d'un
pouvoir usurpé pour se livrer à la plus cruelle
persécution. Il est constant qu'il y a eu au moins
une conspiration, soit des anarchistes ou bonapartistes contre l'ordre actuel des choses, soit des
royalistes contre leurs adversaires... Toute conspiration doit être punie... » (P. 12.)

221. — MÉMOIRES, CORRESPONDANCES, PIÈCES et
autres documents sur les affaires de Lyon.
Sans nom d'auteur. — Paris, chez Michaud,
imp., 1818. Première partie, 116 p. in-8°;
deuxième partie, 97 p.

« On peut dire aujourd'hui, sans crainte d'être
démenti par l'opinion publique, qu'il a éclaté à
Lyon, dans le mois de juin 1817, une rébellion
aussi épouvantable dans son but que dans ses
moyens; on peut dire aujourd'hui que cette rébellion, préparée dès longtemps, a été réprimée par
le courage et l'activité des principales autorités, et
que c'est à ces braves militaires, à ces vertueux
magistrats, que le Roi, la France et l'Europe tout
entière doivent le repos dont ils jouissent.

« ... Jamais complot ne fut plus horrible, plus épouvantable, dans son but et dans ses moyens. » (Avant-propos de la seconde partie, p. vi.)

« Tous n'appartenaient qu'aux dernières classes de la société, sans qu'il apparût que des chefs plus élevés les eussent mis en action..... (Discours de M. Reyze, procureur du Roi, devant la Cour prévôtale, p. viii.)... C'était le Gouvernement qu'ils déclaraient vouloir renverser. Presque tous portaient des cocardes *tricolores*. Dans certaines communes, leur premier acte de révolte fut d'abattre, d'arracher les armes de France qui se trouvaient placées au-dessus du portail de la mairie : Vive l'empereur ! vive Marie-Louise ! vive Napoléon II ! c'étaient là les cris que poussaient les bandes sacriléges... » (Ib., p. xi.)

« ..... Il est constant qu'on avait organisé à Lyon un comité supérieur dont on n'a pu connaître que quelques membres et dont l'action, l'organisation occultes, sont restées impénétrables... » (Réquisitoire du procureur du Roi près la Cour prévôtale de Lyon, p. 24.)

« ..... Il est constant que les conjurés entretenaient à Paris une correspondance habituelle avec la dame Lavalette, et que celle-ci s'était rendue un agent très-actif de ce complot, qu'on soupçonne avec raison avoir eù ailleurs qu'à Lyon d'occultes ramifications. » (Ib., p. 27.)

« L'instruction représente la dame Lavalette comme ayant été à Paris la personne avec qui les conjurés de Lyon entretenaient de perpétuelles correspondances, et qui leur transmettait les instructions relatives au complot. Le sieur Joannon avait écrit à la dame Lavalette plusieurs lettres qui furent saisies chez celle-ci lorsqu'on l'arrêta à Paris. Dans l'une d'elles, sans date, le sieur Joannon priait la dame Lavalette de lui chercher une bague ou un cachet *à l'effigie du grand homme.* Dans la lettre datée du 27 mars dernier, on rencontre le passage suivant : « *J'ai reçu votre amour et le mien, je vous en remercie;* et si j'osais vous prier de m'en envoyer encore six, ils sont tous placés, car *il a fait les délices de tous les amis.* » Quel était ce digne objet de l'amour du sieur Joannon et de l'amour de la dame Lavalette ? C'était le buste de l'usurpateur. Il y a un autre amour, Messieurs, dans le cœur de tous les bons Français. Si on ne rencontrait dans les lettres dont il s'agit que des passages de cette nature, nous nous bornerions à déplorer l'égarement du jeune homme qui les écrivit, car de simples sentiments, quelque mauvais qu'ils soient, ne sont pas de grands crimes; mais ils ne disposent que trop souvent à des desseins, à des actions criminelles... » (P. 65.)

« De là paraît devoir résulter l'entière conviction que la dame Lavalette et le sieur Joannon connurent le complot et n'en firent pas la révélation. » (P. 69.)

« A l'égard des campagnes, il y avait eu dans les communes rurales où éclata le mouvement,

un complot local et particulier qui se ratta-
chait à celui formé à Lyon par les principaux
conspirateurs. Les événements du 8 juin furent,
dans nos campagnes, un complot et un attentat
clairement caractérisés.

« A Lyon, au contraire, les conspirateurs
furent dans l'impuissance de consommer le crime,
parce que la force publique, qui se trouva déployée
contre eux au moment où ils commençaient à
agir, leur en ôta les moyens. Ainsi, quoique Lyon
eût été le centre, le foyer de tout le complot, à
Lyon l'attentat n'eut qu'un commencement
d'exécution. » (P. 72.)

« Requérons qu'ils soient déclarés coupables
d'avoir eu connaissance du complot et attentat
dont il s'agit, avant l'exécution d'iceux, et de n'en
avoir pas fait la déclaration prescrite par l'article 103 du Code pénal, qu'en conséquence la
Cour les condamne à la peine d'emprisonnement
de deux à cinq ans, et d'une amende de 5oo à
2,000 francs. »

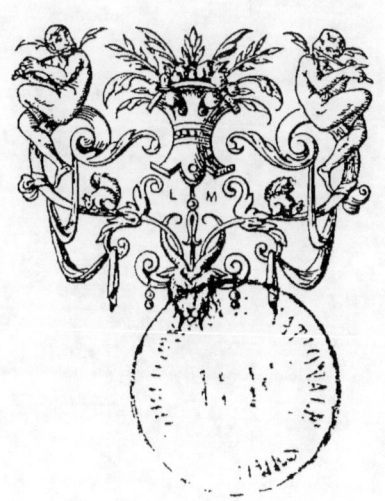

TABLE DES MATIÈRES

~~~~~~~~~~~

A bas la cabale. 8
Additions (les) aux constitutions de la France. . . 100
Adresse a l'Empereur. 89
Adresse aux deux chambres 121
A l'Empereur, à l'armée, aux amis de la patrie . . 108
Ami (l') du peuple . . . . , . . 109
Anecdotes curieuses sur Buonaparte 43
Anecdotes curieuses sur Joséphine 52
Anecdotes sur le général Moreau 61
Appel aux générations sur la Convention de Paris. 194
Appel des Français au Sénat. 40
Appendice aux réflexions de M. Bergasse 36
Art d'obtenir des places. 144
Atrides (des) ou frères corses. 73
Au peuple français sur l'acte supplémentaire . . . 107
Au Sénat de Buonaparte 40

Bertrand (général), procès 160
Bijou (le) retrouvé. 55
Bonne (la Joséphine mourante 51
Bouquet à Louis XVIII. 56
Bouquet du mois de mai. 101
Budget du ministère de la guerre. 188

Buonaparte (de) et des Bourbons   31
Buonaparte (de) et des Bourbons, supplément. . .   32
Buonaparte ou l'abus de l'abdication   114

Cadet-Buteux, législateur.   99
Ça ne va pas, non c'est le chat.   10
Cambronne (général), procès   151
Caractère de Louis XVIII   64
Causes d'un grand événement.   95
Censeur (le), par Comte   62
Censeur (le) européen, par Comte.   126
Chant du coq royal.   25
Citoyen (un) du département du Nord.   90
Cochemare de Buonaparte   22
Confession poétique de Buonaparte.   16
Considérations sur les émigrés   97
Conspiration de la noblesse féodale   97
Conspiration de Buonaparte contre Louis XVIII .   111
Conspiration de 1816 (procès).   167
Conspiration et procès de Lyon en 1817   202
Constitution (la) de Nicolas   15
Constitution de l'an 1814, par M. Grégoire   35
Constitution donnée par Napoléon à l'île d'Elbe. .   52
Convention de Fontainebleau.   56
Correspondance de Napoléon et de Joséphine. . .   49
Cri de la raison et de l'expérience   35
Crimes de Buonaparte et de ses adhérents.   112
Cri royaliste : Tout est perdu.   96

Dangers de l'État.   108
Debelle (général), procès   156
Déclaration du Roi à Saint-Ouen.   38
Départ du Pape de Fontainebleau.   63

Départ de Londres (le). 134
Deux mots de vérité 27
Dialogue entre Joséphine et Buonaparte. 50
Discours de Buonaparte à l'île d'Elbe. 22
Drouot (général), procès. 148
Durand de Linois (amiral), procès 170

Echo de la vérité. 8
Eclaircissements par Talleyrand 59
Editeur (l') du Voltaire aux vicaires généraux . 131
Effusion du sang humain arrêtée. 105
Elan de l'âme et du cœur. 93
Eloge historique de Madame Elisabeth 78
Empereur (de l') Napoléon et du comte de Lille. . 82
Empire (l') est dans l'Empereur 98
Employés (les) vengés 57
Epître à l'abbé Sicard, 1re 139
Epître à l'abbé Sicard, 2e. 142
Epître au comte Carnot 103
Errata (l') des journaux 88
Essais sur quatre grandes questions 125
Essais (des) de M. Scheffer 125
Evénements de Lyon en 1817. 200
Examen d'une brochure de M. de Bonald. 95
Examen de la Charte de 1814 121
Explications sur l'article additionnel. 103
Exposé de la conduite du général Carnot. 120

Fabricant (le) de sirs. 7
Fond (le) du sac et à chacun son sac 58
Fonds du ministère de la guerre 183

Gargantua à la diète 58
Gouvernement (du) de Louis XVIII. 80

Gouvernement (sur le) de Louis XVIII 81
Grandes choses du règne de Louis XVI. 192
Guerre aux mots. 60

Histoire secrète du cabinet de Napoléon. 69
Homme (l') du siècle et de la patrie. 102

nstructions à donner aux députés 107

Labedoyère (colonel), procès 174
La lettre de Fouché au duc de Wellington. 123
Lanterne magique de l'île d'Elbe 53
Lavalette (évasion de), procès. 162
Lefebvre-Desnouettes (général), procès 153
Les événements jusqu'au 20 mars 97
Les hommes se plaignent, que diront les chevaux ? 23
Les puissances alliées et leurs moyens 106
Lettre de Buonaparte à Napoléon. 19
Lettre de Buonaparte aux Parisiens. 23
Lettre d'un sénateur. 3
Lettre de Buonaparte au Grand Turc. 54
Lettre d'un Français à l'Empereur 84
Lettre de S. M. Napoléon. 89
Lettre d'un bon Français. 91
Lettre à M. de Chateaubriant 189
Lettres d'un ressuscité 24
Lettres d'un ressuscité (2e) 60
Lettres écrites de Spithead à Sainte-Hélène. . . . 127
Liberté de la presse (de la) 93
Lisez le babillard. 5
Liste des Conventionnels. 30
Lyon en 1817, par le colonel Fabvier 196

Mandement de MM. les vicaires généraux. 128
Manifeste du peuple français. 40
Marseille, Nîmes, en 1815 196
Mea culpa de Napoléon. 17
Mémoire du maréchal Davoust. 66
Mémoire au Roi par M. Carnot. 66
Mémoire pour le comte Lanjuinais 121
Mémoire au Roi par le baron Feriet 124
Moniteur supprimé 65

Napoléon (de) 82
Napoléon (de) et de sa mort politique. 17
Napoléon (de) et de sa mort politique. 47
Napoléon (de) et des Bourbons 83
Napoléon ou le Corse dévoilé. 33
Napoléon ou le conseil de l'Olympe. 80
Nécessité de conserver Napoléon 107
Ney (maréchal), procès 173
Notice historique sur le duc d'Enghien. 78
Nuit (la) de Fontainebleau. 41
Nuit (la) d'Avignon. 49

Observations sur les constitutions 108
Observations du comte Defermon. 124
Observations sur l'ordre de Malte. 191
Ode sur la Révolution française 34
Ombre (l') de Louis XVI aux Français. 64
On ne m'a pas lu, on me lira. 28
On rira et on ne rira pas 8
Opinion impartiale d'un Hambourgeois. 66
Opinion de l'armée. 100

Opinion sur l'acte additionnel 104
Opinion de M. Laffitte sur les finances 177
Opinion du duc de Tarente sur les élections . . . 181
Oraison funèbre de Buonaparte 18
Oraison funèbre de Buonaparte (2ᵉ). 48

Parallèle de Philippe, Denys et Napoléon 74
Pardon (le) de Napoléon Buonaparte 5o
Paysan (le) et le gentilhomme 134
Perception (de la) des droits réunis. 56
Petite (la) lanterne magique 9
Petit (le) homme rouge. 42
Plus belle aurore (la). 64
Premier bulletin de l'île d'Elbe. 54
Principe (du) et de l'obstination des Jacobins . . . 37
Procès des généraux de l'Empire. 146
Procès et conspiration de Lyon en 1817. 202
Projet d'emprunt par Casimir-Périer. 185
Protestation contre l'acte additionnel. 100

Quatre discours par Dubroca. 86
Que deviendra Napoléon. 47
Qu'est devenu Napoléon. 44
Questions à l'ordre du jour. 93
Questions au colonel Favier 198
Queue (la) du dragon. 16
Queue (la) de Buonaparte 46

Rapport de M. Lainé au Corps législatif. 1
Rapport au Roi par le duc d'Otrante 120
Rapport à la Chambre par M. de Bonald. 193

Réflexions de M. Bergasse 35
Réflexions sur les réflexions de M. Bergasse . . . 36
Réflexions relatives à la législation. 91
Réfutation du prétendu testament de Joséphine. . 52
Remontrances du parterre 62
Réponse à quelques pamphlets 6
Réponse aux faiseurs de pamphlets. 21
Réponse à la queue de Bonaparte 46
Réponse à un libelle. 102
Réponse de M. Desuttes au colonel Fabvier. . . . 198
Résurrection de Henri IV. 64
Rêve ou vision de Buonaparte 11
Réveil (le) de Napoléon. 91
Révolution depuis 1789 . . . . 34.
Rigau (général), procès 154
Robert Wilson (général), procès 162
Robespierre (le) de Hambourg. 66
Robespierre et Buonaparte. 73
Royaliste (le) converti. 95

Savary (général), procès 147
Sénat (le) et une constitution. 2
Sénat (le) et sa constitution. 3
Sentiments de la garde impériale. 109
Sépulcres (les) de la grande armée 75
Sort des employés. 56
Supplément de Buonaparte et des Bourbons . . . 32
Sur les articles de M. de Sismondi 104

Tableau politique de l'Allemagne. 125
Testament de Napoléon Bonaparte 47
Testament de l'impératrice Joséphine 51
Thermomètre (le) ou chaud et froid 10

Traits d'histoire sur les révolutions 75
Triomphe (le) d'Alexandre. 55

Un ami de la liberté à Carnot 98
Un dictateur est nécessaire 105
Union (de l') en France 133
Un mot sans réplique 57
Un mot sur la Constitution 100
Un publiciste et un chouan. 106
Usurpation de la couronne d'Espagne. 43

Vérité (la) au Sénat et au Corps législatif 4
Vérité (la) en deux mots. 20
Vérité (la) sur le comte de Lille 78
Vie (la) de Nicolas. 14
Vie publique et privée de Murat 119
Voix (la) du cœur 5
Voyage du pape de Fontainebleau à Savone . . . 63
Voyage d'un étranger en France 128

Imprimerie D. BARDIN, à Saint-Germain.

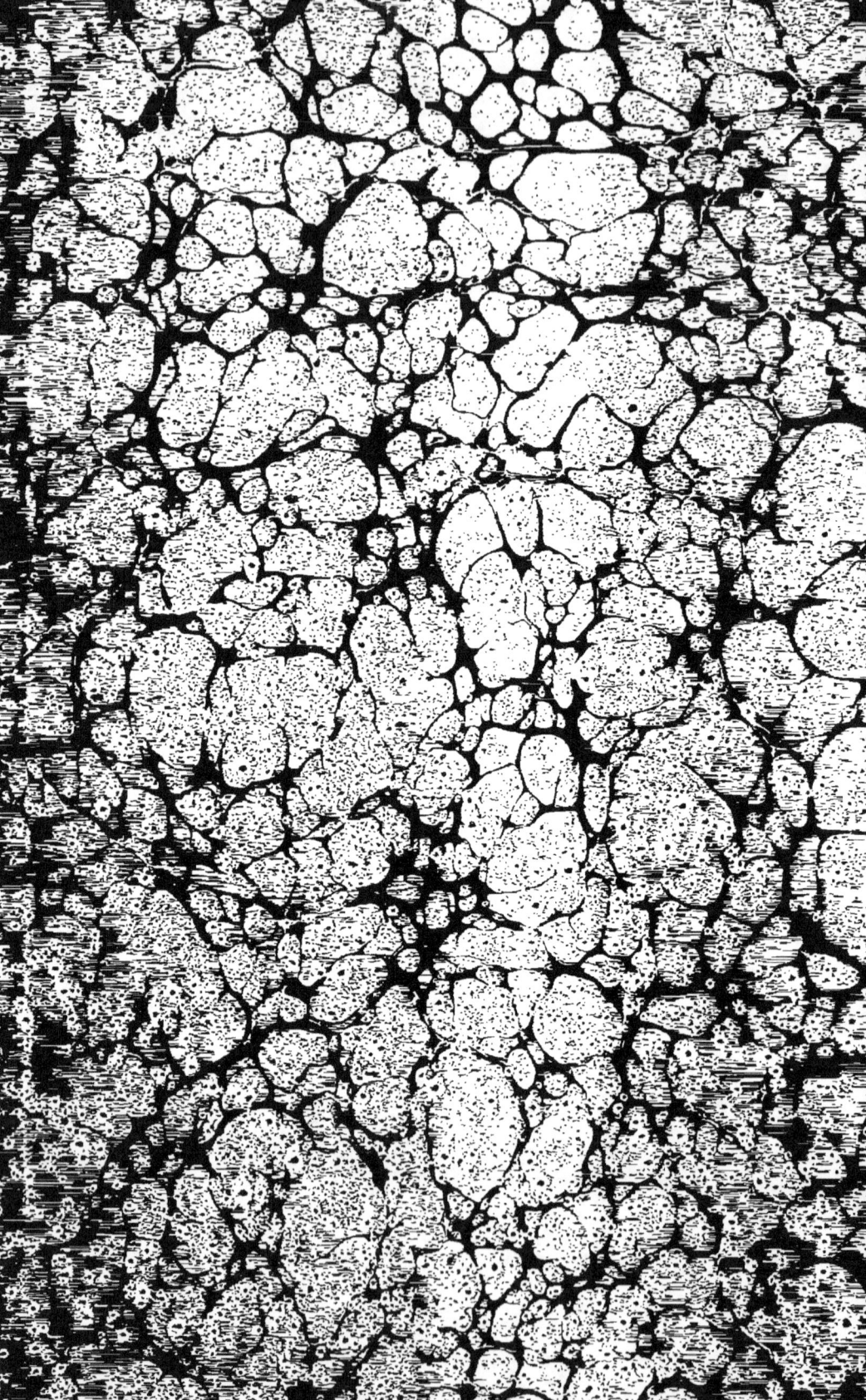

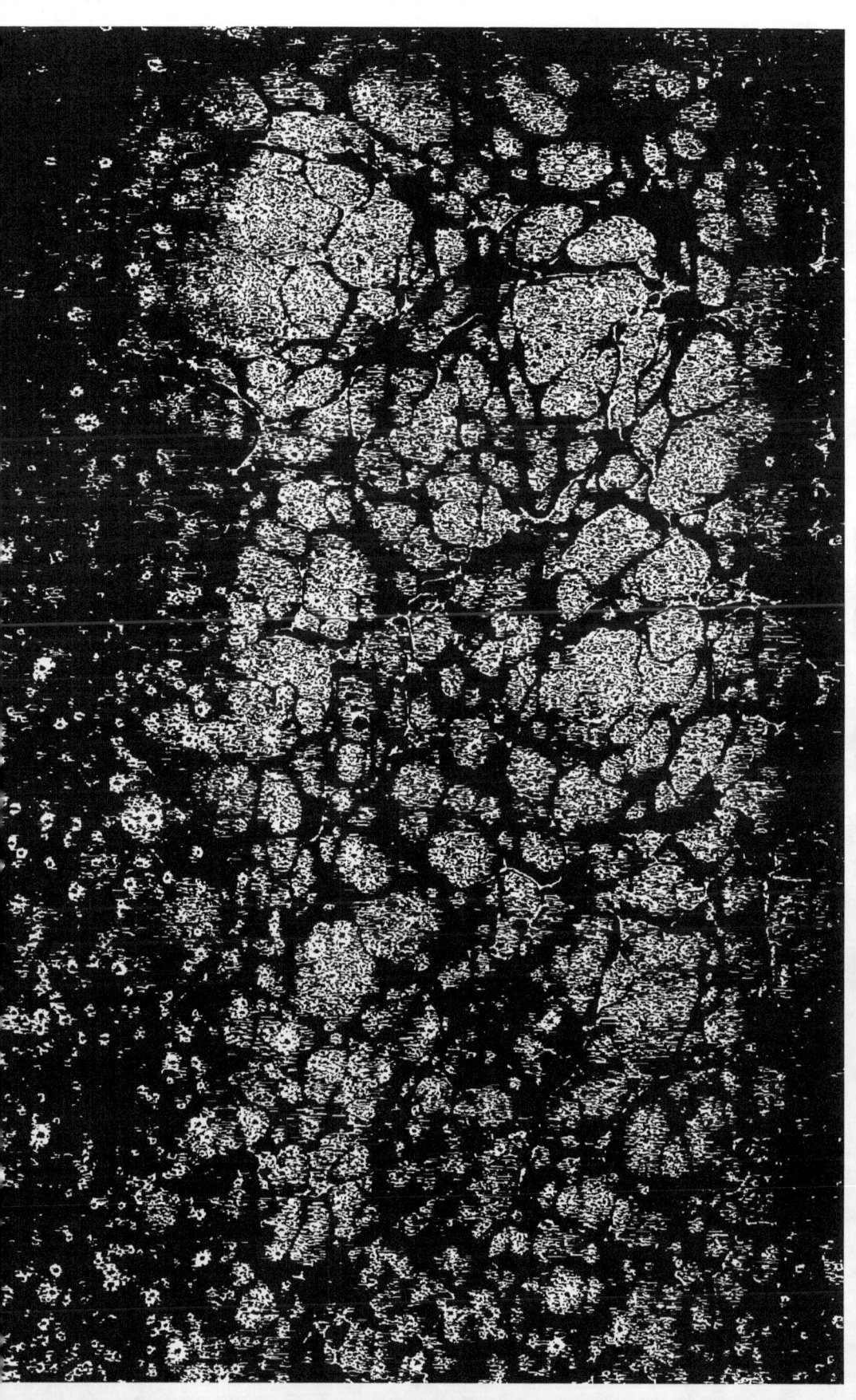